हिन्द पॉकेट बुक्स

आरती

ताराशंकर वन्धोपाध्याय प्रसिद्ध बांग्ला साहित्यकार हैं। इन्हें *गणदेवता* के लिए 1966 में ज्ञानपीठ पुरस्कार से सम्मानित किया गया था। ताराशंकर वन्धोपाध्याय को साहित्य एवं शिक्षा क्षेत्र में भारत सरकार द्वारा सन 1969 में पद्म भूषण से भी सम्मानित किया गया था। ये पश्चिम बंगाल से हैं। इनके द्वारा रचित एक उपन्यास *आरोग्य निकेतन* के लिये उन्हें सन् 1956 में साहित्य अकादमी पुरस्कार से सम्मानित किया गया।

आरती

ताराशंकर वन्धोपाध्याय

अनुवाद
हंसकुमार तिवारी

हिन्द पॉकेट बुक्स
पेंगुइन रैंडम हाउस इम्प्रिंट

हिन्द पॉकेट बुक्स

यूएसए। कनाडा। यूके। आयरलैंड। ऑस्ट्रेलिया। सिंगापुर
न्यू ज़ीलैंड। भारत। दक्षिण अफ्रीका। चीन

हिन्द पॉकेट बुक्स, पेंगुइन रैंडम हाउस ग्रुप ऑफ़ कम्पनीज़ का हिस्सा है,
जिसका पता global.penguinrandomhouse.com पर मिलेगा

पेंगुइन रैंडम हाउस इंडिया प्रा. लि.,
चौथी मंजिल, कैपिटल टावर -1, एम जी रोड,
गुड़गांव 122 002, हरियाणा, भारत

पेंगुइन
रैंडम हाउस
इंडिया

प्रथम हिन्दी संस्करण हिन्द पॉकेट बुक्स द्वारा 1982 में प्रकाशित
यह हिन्दी संस्करण हिन्द पॉकेट बुक्स में पेंगुइन रैंडम हाउस द्वारा 2022 में प्रकाशित

10 9 8 7 6 5 4 3 2

ISBN 9789353495671

मुद्रकः रेप्रो इंडिया लिमिटेड

www.penguin.co.in

MIX
Paper from
responsible sources
FSC
www.fsc.org
FSC® C047271

This is a legitimate digitally printed version of the book and therefore might not
have certain extra finishing on the cover.

1

आरती की हालत समझानी हो, तो उपमा देकर समझानी होगी।

आफत की अंधेरी रात में टूटे हुए घर के एक कोने में छिपकर मौत का इंतज़ार करते-करते अचानक रोशनी दिखायी दी। उस रोशनी में जीवन का भरोसा पाकर सबसे पहले उसकी नज़र में आयी एक अंगूठी—एक कोने में फर्श पर गड़ी पड़ी थी...मैली, घिसी-पिटी। या तो पीतल की, या फिर तांबे की। लेकिन उसको निरख-परख या भली तरह देखने का समय तो वह था नहीं। निश्चित और सुरक्षित जगह में जाकर चैन की सांस लेते-लेते वह गड़ी पड़ी अंगूठी अजीब ढंग से मन में मानो चमक उठने लगी और उसके बाद एकाएक याद आ गयी बहुत-बहुत पहले खोयी हुई हीरे की अंगूठी की बात। वैसी ही बनावट। वही आकार। ठीक वही अंगूठी। और मन-प्राण उन्मत्तसा हो उठा—कलेजा धड़कता हुआ चरम उत्तेजना से सिर धुनने लगा, पैरों की उंगली से हाथों की उंगली तक सर्वाङ्ग मानो कांपने लगे, माथे की स्मृतिवाही सारी शिराएं झनझना उठीं, दौड़कर उसे पाने और परख देखने की बेचैनी से जीवन अधीर हो उठा।

आरती के साथ ठीक यही हुआ। अधीर हो उठी वह। सन् 1949 की 19वीं अगस्त।

बहू बाज़ार के कपालीटोला लेन के आसपास एक गली में पुराने ज़माने का एक बड़ा-सा मकान। 16, 17 और 18, तीन दिनों तक तिमंज़िले की छत के एक कोने में तीस-चालीस बरस या उससे भी पुरानी पानी की कुछ टंकियां पड़ी थीं, उन्हींमें से एक में घुसकर अपनी जान बचाए पड़ी थी। 16 तारीख की रात के आठ बजे होंगे। दिन से ही घर से बाहर निकलना असंभव हो उठा था। इस बात की याद आते ही उसे मामा के घर छुटपन में देखी हुई कालीपूजा की रात याद आ जाती। वहां सौ-सवा सौ बकरों की बलि चढ़ाई जाती। शाम से ही बकरों को एक संकरे घेरे में डाल दिया जाता और चौकसनिगरानी रक्खी जाती। उनमें से जो भी गरदन निकालने की कोशिश करता, उसे लाठी या और जिस चीज़ के हूल से हो, मुंह पर मारकर भीतर ढकेल दिया जाता। उसके बाद एक के बाद दूसरे की बलि। एकसाथ दो-तीन की बलि भी आरती ने देखी है। 16 के तीसरे पहर से उन सबकी हालत भी ठीक ऐसी ही हुई थी। चूंकि वे आदमी थे, इसलिए उन्होंने अंदर से दरवाज़ों को बंद कर लिया था—नहीं तो ठीक बलि चढ़ने वाले पशुओं के समान भयभीत होकर वे एक ही जगह सटे-सटे खड़े रहते। शाम के बाद से ही तांडव शुरू हो गया था। रात ज्यों-ज्यों बढ़ने लगी, नरक का परदा उठकर पैशाचिक उत्सव दिखने लगा। ऐसी आशंका किसीने भी न की थी। बीसवीं सदी के लिए यह घटना कल्पना से परे थी। भयानक चीख उठी। लाल मशालें जलीं। गिरोह बना-बनाकर लोगों ने मकान तोड़े। राक्षसों सी शकल बनाए टोलियां बनाकर घरों में घुसे। खून किया, लूट मचायी, औरतों पर पशुओं जैसा नारकीय अत्याचार किया। उसके बाद घर में आग लगाकर चले गये। वह नज़ारा दूर से भी आंखों नहीं देखा जा सकता था। जिन्होंने देखा, वे वर्णन नहीं कर सकते उसका। जो थोड़ा सुना भी सकते हैं, कानों सुनकर आदमी से बर्दाश्त नहीं हो सकता। मगर जिन्होंने यह ज़ुल्म ढाया, वे ढा सके। जिनपर यह ज़ुल्म हुआ, उनमें से कई उसे सहकर भी ज़िंदा रहे।

एक दृश्य आरती को याद है। इकतल्ले का दरवाजा तोड़कर तुरत-तुरत घुसे थे वे दंगाई। दोतल्ला एक-एक दो-दो कमरों में बंटा था और उसमें बहुतसे किरायेदार थे। दोनों तल्लों के कम से कम बीस हिस्सों में कोई चालीस पैंतालीस जने रहते थे। उनमें से बच्चे और औरतें ही पचीस थीं। मर्दों की संख्या बीस-बाईस होगी। आरती को छोड़कर ऐसा परिवार शायद ही कोई था जिसमें मर्द न हों। दो कमरे और एक अलग बरामदे में आरती रहती थी, अपने पिता की एक असहाय बूढ़ी फूफी के साथ। वह मकान आरती का ही था। लाभ के लोभ से उसके पिता ने उसे लगभग तीस-पैंतीस साल पहले खरीदा था। सेंट्रल एवेन्यू सड़क की योजना तुरत रूप लेने वाली थी। मकानों के किसी दलाल ने उन्हें समझाया कि मकान को सस्ते में खरीदकर पोत-पात देने से इंप्रूवमेंट ट्रस्ट से काफी कीमत मिल जाएगी। जो दर-दाम करेंगे, उन्हें कुछ दक्षिणा देने से ही काम चांदी। हुआ सब कुछ, मगर मकान इंप्रूवमेंट ट्रस्ट की तै की हुई हद में न पड़ा। नीचे का दरवाज़ा जब टूटा, तो एक शोर मचा। शोर नहीं, भय भरी रुलाई छूटी। ओ...। यह 'ओ' की आवाज़ उन बर्बरों के हा-हा चीत्कार से भी मार्मिक थी। और, उसमें कैसी विभीषिका थी, इसे जिसने स्वयं नहीं सुना, उसे कहकर नहीं समझाया जा सकता। पुराने समय का आंगन वाला मकान; नीचे के प्रांगन मैं वे हाथों में मशाल लिए घुसे और हा-हा के साथ हुंकार भरा। ईश्वर के नाम को कलंकित करते हुए उसीके नाम का नारा! सबसे पहले आरती की बुढ़िया दादी एक अमानुषिक 'ओ' करके बरामदे में दौड़ पड़ी। 'दादी'—कहकर उसे लौटाने के लिए जो निकली, सो आरती सीढ़ी के सामने पहुंच गयी। देखा, गुंडे अब भी घुसते ही आ रहे थे और पहली जमात सीढ़ी की ओर आ रही थी ऊपर आने के लिए। बस, आरती ने छत की सीढ़ी पकड़ी। छत के दरवाज़े में हुड़का न था, सिर्फ ऊपर नीचे चिटकनी थी। वह भी ऊपर वाली खराब थी, एक नीचे ही वाली काम की थी। छत पर पहुंचकर सबसे

पहले उसने दरवाज़ा बंद करके सिकड़ी लगाने की कोशिश की थी। लेकिन सिकड़ी थी नहीं। फिर भी दोनों कड़ों को जी जान से पकड़े उसने आश्रय के लिए चारों तरफ निगाह दौड़ाई थी। एक बार छत के कगारे तक दौड़ी गयी। जाकर सिहर उठी। ऊपर से नीचे तक की दूरी देखकर नहीं, रास्ते पर राक्षसी उल्लास देखकर, मशालों की रोशनी देखकर और आसपास के मकानों की चीख-पुकार सुनकर! ज़रा ही दूर के एक मकान की छत पर नज़र आया, एक बेचारी औरत मारे डर के पागल सी चीखती हुई भाग रही है और विकट हंसी हंसता हुआ एक पशु उसे पकडने के लिए पीछे-पीछे दौड़ रहा है। उसके पास ही दो आदमियों ने एक पुरुष पर छेनी से चोट की। अब बिना सोचे-विचारे ही आरती छत के दरवाज़े की तरफ दौड़ पड़ी। नीचे भागेगी। कहां, पता नहीं—लेकिन नीचे जाएगी। उसकी आंखों में अपना कमरा तिर उठा। लेकिन छत का दरवाज़ा बंद हो गया था। नीचे वाली चिटकनी के अटकने की जगह टूट गयी थी, सो घरवालों ने सीढ़ी पर ही एक गढ़ा-सा बना दिया था। दरवाज़े को ठेलते ही चिटकनी खुद गढ़े में गिर जाती। उसके मुंह से आप ही आप चीख निकली आ रही थी, लेकिन उसने अपने आप अपने मुंह को दबा दिया था। ठीक ऐसे ही समय अपने को बचाने की सूझ उसे हो आयी थी। वह पानी की उन निकम्मी पड़ी टंकियों के पास दौड़कर गयी और छत के किनारे की तरफ एक बार चुकुमुकु बैठी। लेकिन उससे उसे भरोसा न हुआ। वह सबसे निचली टंकी के टूटे मुंह से घुसकर अंदर जा बैठी।

ठीक उसी समय या कि मिनट भर बाद छत के दरवाज़े पर धक्का पड़ा। और साथ ही उच्च स्वर में सुनायी पड़ा—दरवाज़ा बंद है, फिर तो छत पर आदमी ज़रूर है। तोड़ो।

धमाधम आवाज़ हुई। आरती दांत पर दांत धरे, आंखें मूंदे पड़ी रही। तुरत सुनायी पड़ा—अरे रे, इधर से बंद है, इधर से! उस चिटकनी को उठायो, वह देखो। उठाओ।

दूसरे ही क्षण दरवाज़ा खुल गया। कितने लोग थे, यह तो नहीं बता सकती आरती, लेकिन लगा, असंख्य उन्मत्त पैरों की चाप से छत टूट गिरेगी। पागल थोड़े से दौड़ते फिरे लोग।

—इधर देखो, इधर! पानी की टंकी की तरफ!

पानी की टंकियों पर पहले लाठियों की चोटें पड़ीं। ऊपर की दो टंकियां हुड़मुड़ाकर नीचे आ रहीं। एक तो छत पर गिरी और दूसरी उस टंकी और कगारे तक की फांक पर गिरी। उसमें आरती छिपी थी। दुनिया अंधेरी हो गयी। आरती के जीवन का सर्वोत्तम सौभाग्य शायद यही अंधेरा था। भगवान् और देवता को मानती होती तो उसके जी में आता और यह कहकर बच जाती कि भगवान् ने मानो अंधेरा बनकर मुझे छाती में छिपा लिया।

वह बच गयी उसीसे। उधर की टंकी से सड़ा हुआ पानी और और भी ऐसा कुछ छत पर फैल गया कि तौबा-तौबा कहकर वे पशु पीछे हट गए। उस टंकी में भी आरती को सड़े पानी और कीड़ों के स्पर्श का अनुभव हो रहा था। पतंगे, तेलचट्टा, और भी जाने क्या-क्या। इसके बाद ही उसे तीखी रोशनी की चुभन महसूस हुई। उसके बाद कुछ याद नहीं। पीड़ा से उसके होशो-हवास जाते रहे। होश में जब आयी, चारों तरफ दिन का उजाला फैला था। टंकी में जो छेद थे, उनमें से कुछ किरणों ने अन्दर जाकर वहां के अंधकार को निर्मल कर दिया था। बेहद प्यास लगी थी। लेकिन चारों तरफ उस पैशाचिक उल्लास का विराम न था। छत पर से ही उसे पता चला, दुतल्ले पर हलचल थी, तरह-तरह की आवाज़ ; भारी-भारी सामानों को लोग घसीटे लिए जा रहे थे। दुतल्ले पर क्या हो रहा है, इसे उसने देखा था, टंकी के छेदों और कगारे की फांकों में से सामने के तिमंज़िले पर। दिन दहाड़े खून हो रहा था, लूट चल रही थी, औरतों पर बलात्कार किया जा रहा था, एक बुढ़िया लहू में तैर रही थी, एक अधनंगी युवती बेहोश पड़ी थी, कराह रही थी। कुछ लोग घर के सामान निकालकर ले जा रहे थे। बकसा, बैग, दीवाल-

घड़ी, रेडियो, कपड़े-लत्ते—जिसे जो मिल रहा था वही लिए जा रहा था। कुछ लोग पलंग खोल रहे थे, ड्रेसिंग टेबिल का आईना। दराजों को नीचे औंधा कर देखते थे। आरती की प्यास डर से सूख गई। लगा, उसकी चेतना लुप्त होती जा रही है, लेकिन किसी कदर अपने को होश में रक्खा उसने। कहीं सामने के मकान की उस बेहोश यवती की तरह उसके गले से भी दर्द भरी कराह न निकले! उसकी प्यास आसमान ने बुझाई थी। घटाएं घिरी और एक बौछार बारिश हो गई। टंकी के ऊपर वाले टिन के छेद में से नीचे पानी झरने लगा। उसी पानी को चुल्लू से पीकर वह जिंदा रही थी, बल मिला था। क्या समय हुआ था, उसके बस का न था यह जानना। एकाएक शोरगुल फिर बढ़ गया। अब की नारे के जवाब में नारा। आरती ने देखा भी, उत्तर की तरफ के मकानों की छतों पर लोग दौड़-धूप कर रहे थे। ये लोग वे नहीं थे। ये आक्रांत लोग थे। हाथों में ईंट, और भी बहुत कुछ—बंदूक भी नज़र आयी। पिछली रात से ही बंदूकें छूट रही थीं। ज़ोरों के धमाके होने लगे। जलते कपड़ों की पोटलियां गिरने लगीं। एक बार इनका नारा ऊंचा हो उठे, एक बार उनका। सांझ से तांडव बढ़ने लगा। और वह ठंढा पड़ा रात बीतने पर। ऐसे समय आरती एक बार टंकी से बाहर निकली थी। रह नहीं सकी। निकलकर वह तनकर खड़ी हुई। जितना बना, शरीर को ताज़ा कर लिया। आसमान की नक्षत्रमाला की ओर देखते हुए, जिस भगवान् को वह मानती न थी, उसी भगवान को पुकारकर कहा—हे भगवान्, बचायो। नहीं तो मौत दो।

आंखों से आंसू की कई बूंदें टपक पड़ी थीं।

गंदे पानी की टंकी से भरपेट पानी पिया। मालूम नहीं उसे, भगवान् का भेजा हुआ था या नहीं, लेकिन कौए या चील की चोंच से छूट गिरा एक टुकड़ा रोटी का मिल गया था उसे। सुबह की रोशनी फैलने से पहले ही वह फिर टंकी में घुस पड़ी। 18 तारीख को इस घर में फिर कोई हलचल न सुनाई पड़ी। सिर्फ दो-तीन बार किसीकी सीटी सुनाई दी—सीटी में इशारा

नहीं, सीटी में गीत। मकान मानो इडेन गार्डेन का सूना मैदान हो, जहां कोई दीवाना घूम-घूमकर सीटी बजा रहा हो! शोरगुल सड़क पर था। ज़ोरों का हो-हल्ला; नारेबाज़ी, बम की आवाज़। शाम होने तक हमलावरों का शोर पीछे की तरफ उठा। शाम के बाद नया कुछ शुरू हुआ। लगातार बंदूक छूटने की आवाज़ और तेज़ी से लारियों का जाना-आना।

फट-फट, ठांय-ठांय, द्रम-द्रम।

कान रखना मुहाल।

शोरगुल शांत पड़ गया। बीच-बीच में एकाध बार। कभी-कभी किसीकी मर्मभेदी आर्त पुकार।

उन्नीस तारीख का सवेरा। मकान के नीचे फिर से लोगों के पैरों की आहट सुनाई पड़ी। बहुतसे लोग। मानो कमरे-कमरे की खाक छान रहे हों। उनकी बात सुनाई पड़ी—कोई ज़िदा हो, आवाज़ दो। हम लोग उद्धार के लिए आए हैं।

सामने के तिमंज़िले पर कई आदमी दाखिल हुए।—कोई हो?

आरती को अब संदेह न रहा। उसने चीखने की कोशिश की—भाई, मैं हूं, मैं। मुझे बचाओ। लेकिन आवाज़ न निकली। निकलने की चेष्टा की। किंतु हाथ कांप रहे थे, पांव कांप रहे थे, सारे शरीर में मानो बूंद भर भी शक्ति नहीं बच रही थी। उसके धक्के से सामने की टंकी गिर गई और उसकी टंकी का मुंह रोके अड़ गई, वह चीखी और बेहोश हो गई।

होश में जब आयी, लोग धर-पकड़कर उसे उतार रहे थे। लाकर उसे एक लारी पर रक्खा। लारी में खचाखच आदमी—मर्द, औरत, बच्चे, जवान, बूढ़े। आंखों में, चेहरे पर भूतों का भय सा। आरती के मकान का एक बुड्ढा था, मर्द कहने को और कोई नहीं; तीन अधेड़ औरतें—चेहरे

पर स्याह निशान, छाती पर दाग—चेहरे पर भय, लज्जा, घृणा की स्मृति लिए एक उदास थकावट। सूरज में जब सर्वग्रासी ग्रहण लगता है, उस समय धरती के सर्वांग में जो छाया फूट उठती है, यह मानो ठीक वही छाया, सर्वनाश की छाप!

चित्तरंजन एवेन्यू से मेडिकल कालेज की हद पार करके गाड़ी जब मिर्ज़ापुर स्ट्रीट में घूम रही थी, ठीक ऐसे वक्त उसने देखा।

कई दिनों की इस आफत को मृत्यु की विभीषिकामयी कयामत की रात से तुलना करके कहें, तो कहेंगे प्रलय के बाद सूर्योदय के समान उस क्षण दिखाई पड़ी गर्द-गुबार से गंदी और फीकी पड़ी एक अंगुठी।

एक आदमी—धूप से जला हुआ रंग—तांबे-सा भी नहीं, काला पड़ गया है। सिर के रूखे-भूरे बड़े-बड़े बालों के कुछ गुच्छे लाल हो गए हैं। घने बालों के नीचे बड़ा ही छोटा सा कपाल, उस छोटे कपाल की त्रिबली रेखाएं मैल जमने से पेंसिल की लकीर सी हो गई हैं। बाकी सारा चेहरा मूंछ-दाढ़ी से ढका। आंखों में उदास दृष्टि।

एक बार आरती से उसकी निगाहें मिलीं। उसके बाद थकावट से आरती ने भी नज़र झुका ली, उसने भी निगाह फेर ली। कुछ याद कर सकने जैसी दशा आरती की उस समय न थी। उसे सिर्फ यह लगा, यह आदमी धूप से बेतरह झुलस गया है। दूसरे ही क्षण आप ही आप एक किरण जगी और उसकी स्मृति के अंधेरे कक्ष को क्षण भर के लिए चमकाकर फिर बुझ गई।

लारी अमहर्स्ट स्ट्रीट को मुड़ी।

एक तो हद की थकावट, फिर अगस्त की तेज़ धूप; कैसी तो होती जा रही थी आरती। किसी तेज़ दौड़ने वाली खुली गाड़ी पर चलते हुए अगल-बगल के मकान पीछे की तरफ दौड़ रहे हैं, स्वाभाविक तौर पर ही ऐसा लगता है, लेकिन आरती कुछ और भी देख रही थी। वह देख रही थी, बड़े-बड़े मकान एक ओर को करवट लेते-लेते पीछे की तरफ उलटते चले जा रहे हैं। उसके बाद एक धड़ाके की आवाज़ उसके कानों

में पहुंची। अमहट स्ट्रीट और मछुआ बाज़ार स्ट्रीट के जंक्शन पर एक बम गिरा। आवाज़ से वह चौंकी तो, पर होश में नहीं आयी। क्षण भर के लिए सिर उठाया और फिर लुढ़क पड़ी। होश में आयी बाग बाज़ार के बोस बाबू के घर आश्रय पाने के बाद। वह भी ज़रा देर के लिए; उसे देखकर उसकी सामाजिक अवस्था की एक धारणा बनाकर उद्धार करने वालों ने उसे एक कमरे में कुछ ही महिलाओं के संग रखने का इंतज़ाम किया था। उसके साथ-साथ जो अन्दर तक गए, उनकी तरफ कृतज्ञता भरी दृष्टि से एक बार ताका था उसने। उसी ताकने के समय एक बार फिर उस मैले से आदमी पर उसकी नज़र पड़ी। एक बार फिर नज़र पड़ी तब, जब कि डाक्टर ने आकर उसे देखा।

उसके बाद तमाम रात वह सोती रही।

2

दूसरे दिन सवेरे।

नींद टूटने के ठीक कोमलतम क्षण में ही किसी अजीब कारण से आरती को सबसे पहले उसी आदमी की याद आ गई। उसके बाद उसी सिलसिले में लारी की, लारी पर के सहयात्रियों की याद आई और उसके बाद जैसे कूदकर बहुत सारी घटनाओं को पार करके याद आ गए आफत के वे 'कै दिन' या दुर्योग की विभीषिका का वह काल। बहू बाज़ार का वह मकान।

वह दुर्दिन जाता रहा। उसने चैन की उसांस भरी—आ।

और फिर वह आदमी याद आ गया।

आखिर उस आदमी में कहीं है कुछ! मानो उसके मन के घर की

किसी चीज़ से लगाव है उसका। अचानक ही खिंचाव होता है। उसकी वेष-भूषा में मोटरचालक या मोटर मरम्मत के कारखाने का कुछ संबंध है। पहनावे में खाकी पेंट, आधी बांह की खाकी कमीज़ और हाथ में मोटर की हैंडिल।

उसकी चिंता की लड़ी में बाधा पड़ी। एक बड़ी सी केतली में चाय और मिट्टी के कुल्हड़ लिए स्वयंसेवक आए। आगन और बरामदे में हलचल शुरू हुई। इस कयामत के बाद रात भर सुरक्षित स्थान में रहकर जीवन इसी बीच बहुत कुछ सहज हो उठा था। पत्थर से दबी घास जैसे पत्थर के हटते ही धूप-हवा से पल-पल सजीव हो उठती है, ठीक वैसे ही हर क्षण जी उठने लगे लोग।

कुल्हड़ में आरती ने बहुत पहले चाय पी है। ननिहाल जाते हुए रास्ते के स्टेशनों में। बर्दवान से हावड़ा तक स्टेशनों पर कुल्हड़ की चाय का कारोबार बड़ा ज़ोर से चलता है। लेकिन उसके भी बहुत दिन हो गये। नानी के चल बसने के बाद से वह जाना-आना भी बन्द हो चुका है। कोई मामा कलकत्ते, तो कोई दिल्ली और कोई बंबई रहते हैं। अपने ननिहाल वह आखिरी बार जब गयी थी, तब उसकी उमर चौदह-पन्द्रह साल की थी। बारह साल हो गए। उसके बाद से फिर कभी शायद कुल्हड़ में चाय नहीं पी। फिर भी आज अच्छी लगी। खिड़की में से वह देख पा रही थी, चूल्हे पर एक हांड़ी में पानी गरम हो रहा था और वही पानी दूसरी एक हांड़ी में ढालकर, उसमें पैकेटों से बुकनी चाय डालकर ढेर-सी चाय बनाई जा रही थी। बुकनी चाय की एक बू होती है। हांड़ी में पानी उबलने की वजह से उसकी भी एक गंध होनी चाहिए। मगर उसे कुछ भी पता न चला, बल्कि कुल्हड़ की चाय खत्म करके वह बोली—थोड़ी-सी और देंगे?

—नमस्ते! अपना-अपना नाम-पता, अभिभावक का नाम, कौन नहीं मिल रहा है और कलकत्ते में कोई सगे-संबंधी हैं या नहीं, कहां जगह मिल सकती है–ये बातें बतानी पड़ेंगी।

तीन-चार भले आदमी कमरे में आये। आरती उनम से एक को पहचानती थी। विश्वविद्यालय के प्राध्यापक, सुपरिचित गांधीवादी। बाकी दो में से एक किसी संपन्न परिवार का था। और तीसरा शायद मुहल्लों के ऐसे लड़कों में से कोई था, जो आम तौर से अड्डा मारते हैं, चाय की दुकान में झगड़ते हैं और कोई भी हलचल होने पर वहां हाज़िर हो जाते हैं। कल के उस आदमी जैसा ही कोई।

कल के उस आदमी की फिर याद आ गयी। कलकत्ते में हज़ारों हज़ार ड्राइवर और मोटर-मिस्त्री पड़े हैं—उन्हींमें से कोई!

कभी उसके भी मोटर थी; ड्राइवर बराबर एक ही रहा—बूढ़ा, बच्चनसिंह। सिख था। और यह या तो कोई बिहारी है या बंगाली। ऐसे किसीको तो...उसके मन के सवाल को अधूरा रखते हुए अचरज से प्रोफेसर घोष पूछ बैठे—आप...तुम...तुम आरती हो न? युनिवर्सिटी के अर्थशास्त्र की...?

आरती के होठों पर मुस्कान और लजीली हंसी फूट पड़ी। वह हाथ जोड़कर नमस्ते करने जा रही थी एकाएक उसने जाकर पांव छूकर प्रणाम किया और सामने खड़ी हो गयी।

चकित से प्रोफेसर घोष बोले—तुम? तुम लोग भी घिर गए थे क्या? तुम्हारा तो अपना मकान है! कम से कम युनिवर्सिटी में तो यही सुना करता था।

—जी हां, अपना ही मकान है। बहू बाज़ार कपालीटोला लेन के पास।

—गज़ब! गज़ब! वह तो बड़ी खतरनाक जगह है। लूटपाट भी हुई?

आरती ने धीमे से कहा—एक दिन दिन भर और रात भर लूट होती रही। जो सामान उठाकर ले जाते न बना, उन सबको आंगन में बटोरकर फूंक दिया। चार-पांच लाशें पड़ी हैं, देख पायी मैं। मेरी एक बुढ़िया दादी—पिताजी की फूफी...”

आरती का गला रुंध गया। दोनों आंखों से आंसू जारी हो गया। अपने को रोक न सकी वह।

उसके सिर पर हाथ फेरकर प्रोफेसर घोष ने दिलासा दिया—रोओ मत; बच तो गयी—लेकिन, लेकिन तुम्हें मारा-पीटा तो नहीं?

आरती के कपाल पर कुछ छिल जाने के निशान देख वे सिहर उठे। आखिरी के शब्दों के उच्चारण करते वक्त उनकी आवाज़ में घोर आतंक फूट उठा।

चतुराई के साथ घोष ने उससे जो पूछा था, आरती उसे समझ गयी थी। गर्दन हिलाकर उसने बताया—नहीं।

—खैर, गनीमत है।—प्रोफेसर घोष ने चैन का निश्वास छोड़ा। लेकिन फिर बोले—यह शर्माने का समय नहीं। यानी जुल्म अगर हुआ है, तो उसका तो प्रतिकार आवश्यक है, उसमें से जो प्राथमिक है, वह है इलाज। नहीं क्या?

आरती ने फिर गर्दन हिलाकर ही कहा—नहीं। मुझे वे ढूंढ़कर निकाल ही न सके। मै पहले ही छत पर चली गई थी। छत के कोने में पानी की कुछ पुरानी टंकियां पड़ी थीं। मैं उन्हीं में से सबसे नीचे वाली में घुस गई थी। उन्होंने ऊपर की टंकियों को देखा, कुछ न मिला तो नीचे वाली को नहीं देखा। मैं तीन दिनों तक उसीके अंदर पड़ी थी।

प्रोफेसर घोष ने फिर चैन को उसांस भरी और ज़रा हंसकर बोले —मैं ही गलती पर हूं। तुम्हें पाते तो वे छोड़कर हगिज़ न जाते।

आरती सिहर उठी। उसके किरायेदारों की तीन जवान बहुएं थीं, पांच युवती बेटियां, उनमें से एक भी नहीं आई। उसे याद आ गया सामने के तिमंज़िले की युवती वधू का दर्दभरा कराहना!

—लेकिन तुम अभी जाओगी कहां? अपने मकान में लौट जाने की बात तो भूल ही जाओ। और यहां की हालत तो देख ही रही हो। यहां तुम रह सकोगी?

अब साथ के सज्जन बोल उठे—विपत्ति के समय की बात जुदा है,

रहना ही पड़ता है। लेकिन कलकत्ते के किसी सुरक्षित इलाके में आपके अपने-सगे कोई नहीं हैं?

प्रोफेसर घोष बोले—अपने सगे न सही, तुम्हारे बन्धु-बांधव तो बहुत-से हैं। अभी किसीके यहां जाकर रहो। यहां तो बड़ी असुविधाएं हैं। मुझे तो पता है, तुम से यह बर्दाश्त न होगा।

उसके बाद अपने संगी से उन्होंने कहा—इनके लिए फिक्र नहीं करनी पड़ेगी। आरती के बंधु-बांधव बहुत हैं।...तुम तै कर लो, कहां जाना है। आज ही वहां पहुंचा देने की व्यवस्था करूंगा।

आरती की कनपटियां गरम होकर सन्-सन् कर उठीं। रंग साफ रहा होता तो शायद लाल हो उठता। उसकी खुशकिस्मती कि रंग था श्याम। युनिवर्सिटी के लड़के पीठ पीछे उसे 'लेडी कालिंदी' कहा करते थे।

—इनके लिए फिक्र न करो। आरती के बंधु-बांधव बहुत हैं। ये शब्द आरती के कानों बजते रहे। इसीलिए कनपटियां गरम हो गयीं। मानो प्रोफेसर घोष ने चिकोटी काटी।

मतवाद सौ में निन्यानवे आदमियों को रिहाई नहीं देता—नए सिरे से बंधन में बांधता है। जीवन की शिक्षा, सहज स्वभाव, सब कुछ को बेकार बनाकर उसे पक्का मतवादान्ध बना छोड़ता है। ऐसा न होता, तो विज्ञान के ये अध्यापक गांधीवादी होते हुए ऐसे आधुनिकता-विरोधी न बन बैठते। गांधीवाद के ही कारण प्रोफेसर घोष आधुनिकता को पसंद नहीं करते। आधुनिक काल में जो सहज और स्वाभाविक रूप से पैदा होता है, वही उल्लास से बढ़ता है, वही तेज़ गति से दौड़ता है। जो पुराना है, वही धीमा है, वही अचल है, वही उदास है, वही मलिन है। नूतन को, आधुनिक को पुराने सदा से इसी तरह पसंद नहीं करते। वे

अपने को सनातनी कहते हैं। वे वर्तमान पर कब्ज़ा करके ही संतुष्ट नहीं होते, भविष्य पर भी डिग्री जारी करते हैं। अंग्रेज़ों की सल्तनत चली जा रही है, इस सत्य को खुली आंखों देखकर भी घोष समझ नहीं सकते।

आरती के पिता बदस्तूर माडर्न थे। उन दिनों एम०ए० कर लेने के बाद भी उन्होंने नौकरी की तलाश नहीं की। वे व्यवसाय में उतरे थे। बहुत कमाया, बहुत गंवाया और बहुत उड़ाया। एक लड़का रथीन। एक लड़की आरती। रथीन को उन्होंने छुटपन से ही सेंट जेवियर्स में दाखिल किया था। भारती को पहले लारेटो में भेजा था, फिर डायोसेशन में। आरती का जन्म कपालीटोला वाले मकान में ही हुआ। उस समय उसमें कोई किरायेदार न था। समूचा मकान साहबी ढंग से, आधुनिक साज-सामानों से सजा हुआ था। जन्म से ही भारती ने भोजन के कमरे में मेज़-कुर्सियां देखीं। कभी-कभी ननिहाल जाने से पुराने ढंग-ढर्रे में उसे मुसीबत होती। रथीन भैया कभी ननिहाल नहीं जाता। उसके सब मामा भी आधुनिक पंथी थे, लेकिन पैतृक देवत्र जायदाद के लोभ से आज भी गांव के साथ बंधे थे—पूजा-त्योहार, आचार-विचार कायम रखने को लाचार थे। लेकिन उसके पिता को यह बंधन नहीं था। महापवित्र घर की संतान, पढ़ने-लिखने में तेज़ थे। इसीलिए धनी व्यवसायी के यहां शादी की थी। इसी वजह से व्यवसाय में उतरते ही जो भी मौरूसी ज़मीन-जायदाद थी, सबको बेच-खोंचकर झंझटें चुका दी थीं और अपनी आधुनिक पंथी ससुराल से कहीं ज़्यादा आधुनिक हो गये थे। विदेश के बहुतेरे व्यवसायियों से उनकी दोस्ती थी। आरती ने सुना है कि उसके जन्म से पहले, पहले महायुद्ध के बाद ही अंग्रेज़ों के उस ज़माने के कोल कंट्रैक्टर, माइनिंग इंजीनियर इत्यादि उसके पिता को खूब चाहते थे। मेम साहबों के साथ उसके यहां खाने तक को आया करते थे। होटल के आदमी आकर खिलाया करते थे। साथ-साथ मां के हाथ की रसोई का सामान भी रहता। बहुतों ने इसके लिए बहुत निंदा की, लेकिन उसके पिता ने खाक परवाह न की। वे मुंह पर ही कहते—प्लीज़, प्लीज़, ये

बातें मुझसे न कहें। मैं बेवकूफ नहीं हूं। मेरे फ्रस्टरेशन'[1] की कोई वजह नहीं, मैं भेड़चाल वाला आदमी नहीं, बूढ़े बैलों वाली गाड़ी नहीं हूं, मैं... मैं सस्ती लोकप्रियता का भिखारी नहीं। मैं इतिहास जानता हूं—उस इतिहास के स्वरूप को मैंने अपनी आंखों देखा है, इसी ज़माने में देखा है। बंगाली जात मछुओं की जात है, चासा की जात है। मछली-भात का भोजन, लंगोट का पहनावा व परकीया-साधन उसकी आध्यात्मिकता है, उसीका गीत उसका साहित्य है। मृदंग बजाकर धपाधप नाचना उसकी नाट्यकला है। कालीघाट का पट उसका शिल्प है। मिट्टी के बर्तन-भांडे उसके तैजस हैं। फूस की छौनी वाले मिट्टी के घर, पूर्वी बंगाल में टट्टी के, उसके स्थापत्य हैं। गनीमत कहिए कि अंग्रेज़ आये। उनके संपर्क से अंग्रेजी सीखकर यह जात जी गई। भाग्य से ब्रह्मसमाजियों ने अंग्रेज़ी सीखी थी और हिंदू समाज से निकल पड़े थे, जभी रवि बाब को पाया। नहीं तो अंग्रेज़ी सीखने के बावजूद धर्म के आकर्षण से बंकिम में ही खेल खत्म था।

उसके बाद ही कहते—फिर यह एक गांधी आया है। गुजराती बुद्ध। देश को लत्ता पहनाकर ही दम लेगा। बंकिम ने मां-मां की रट लगायी थी, इसने राम-राम शुरू किया है। अंत तक देश की एनर्जी[2] को 'राम नाम सत्य है' कहकर निमतल्ले में फूंककर राख कर देगा।

उनकी इन बातों से समालोचक दंग रह जाते। किसी पूजा में वे चंदा नहीं देते। अपने दंभ और आदर्श को बरकरार रखने की संगति उनमें थीं; दोनों ही तरफ से। धन की तरफ से तो थी ही, मन की तरफ से भी थी। आखिर में टूट गए थे। उन्नीस सौ चालीस का अंत। आरती की मां मर चुकी थी। रथीन विलायत में था। लड़ाई छिड़ी। इसके बहुत पहले से ही इन्होंने जापानियों के सहयोग से यहां कच्चा लोहा बनाने का कारखाना खोला था। लड़ाई में जापानियों के उतर पड़ते ही वह कारोबार

---

1. कुणठा, 2. शक्ति

ठप पड़ गया। यों कहें कि सब कुछ गंवा बैठे। इस बीच उन्होंने और भी तीन मकान कर लिए थे। एक बैंक खोल रक्खा था। व्यवसाय का ठप पड़ना था कि बैंक फेल हो गया। जापानी युद्ध 1941 के दिसंबर में शुरू हुआ था। रंगून का पतन हुआ था 1942 के मार्च में। उसके पहले ही लड़ाई से भी तेज़ी के साथ ये घटनाएं घट गयीं। बैंक फेल हो जाने से आरती के पिता गिरफ्तार हो गए। तीनों नए मकानों को बेचकर वे छूटे। सब कुछ जाता रहा। आरती इसी समय युनिवर्सिटी में दाखिल हुई थी। उसी समय की चर्चा से प्रोफेसर घोष ने चिकोटी काटी।

युनिवर्सिटी में दाखिल होते ही इस काली लड़की आरती ने अपने रूप-शृंगार की अपूर्वता और नवीनता से सभी लड़कियों का रंग फीका कर दिया तथा अपने व्यक्तित्व और गंभीरता से छात्र-छात्राओं सबको त्रस्त सा बना दिया। उसकी शृंगार-सामग्रियों में अधिकता न थी बल्कि उपकरण कम ही थे। लेकिन गज़ब के आकर्षक थे वे उपकरण! गले में मुक्ता के हार की एक लड़ी, कानों में दो झुमके के सिवाय और कोई गहना वह नहीं पहनती। लेकिन शैंपू किए हुए बालों, रेशमी साड़ी-ब्लाउज़ से, पाउडर के हलके प्रलेप से और आंखों पर ज़रा नीले रिमलेस ऐनक से वह बड़ी विलासिनी दीखती थी। कपड़े की ज़मीन भर ही सफेद नहीं, सारा का सारा कपड़ा ही सादा—कोट तक नदारद। चलती-फिरती जरा अलस भंगिमा से। किसीसे बात नहीं करती। लड़कों से तो नहीं ही। लेकिन सबने ऐसा महसूस किया कि इसमें उसकी चाल है, यद्यपि किसीको उसके असली कारण का पता न था। पिता की आर्थिक स्थिति गिर जाने से आरती साज-सिंगार पसंद नहीं करती थी। गहने बैंक में गिरवी थे। मकान की बिक्री के रुपयों से कर्ज़ चुकाया गया। फिर भी वह पिता से कह नहीं सकी कि गहने छुड़ाकर ला दो। बालों में शैंपू वह सदा से करने की आदी रही और कपड़े-लत्ते सब इसी ढंग के रहे। इसलिए उसपर जो कानाफूसी होने लगी थी, उससे उसे क्रोध से ज़्यादा दुःख ही होता। लड़कों में से बहुतों का खयाल था कि वह ईसाई है।

कोई-कोई उसका पीछा करता हुआ कपालीटोला के मकान तक गया था और फिरंगी-मुहल्ले में मकान देखकर इस निष्कर्ष पर पहुंचा था। इससे आरती को हंसी हो आयी थी। हाय रे हिन्दू धर्म! अंत तक तेलचुपड़े चिकने बालों; कोट वाली साड़ी और नज़र झुकाकर चलने में ही तुम्हारी स्थिति मानी गयी! उसे नफरत होती। लोगों ने उसके बहुत-से नाम दे रखे थे। मिस चालबाज़! एक दिन एक कागज़ का टुकड़ा उसपर आकर गिरा था। उसमें लिखा था—तुम्हारा नाम क्या है श्यामली? कभी-कभी पीछे से गीत की कोई कड़ी उड़ जाती। इन बातों का खयाल ही नहीं करती वह। एक दिन अचानक कोई कह बैठा—लेडी कालिंदी! पलटकर उसने देखा, मगर आसपास कोई नज़र नहीं आया। सीढ़ियों के नीचे लड़कों की एक जमात हो-हल्ला कर रही थी। गुस्सा उसे उसी रोज़ आया था। कुछ लड़के-लड़कियों ने कई ढंग से उससे परिचय की कोशिश की थी—वे राजनीति वाले थे। उन्होंने इसे अपनी जमात में शामिल करना चाहा था। इसमें भी कामयाब न हुए वे।

एक दिन एकाएक उसकी सहनशक्ति का पर्दा अंदर के विस्फोट से फटकर चौचीर हो गया—छिटककर बिखर गया। उस दिन आधा स्ट्राइक जैसा कुछ हुआ था; अधिकांश छात्र-छात्राएं उस दिन गैर-हाज़िर थीं—आरती लाइब्रेरी से किताब लेकर नीचे उतर रही थी। लिफ्ट उस दिन काम नहीं कर रही थी। सीढ़ी के एक चौताल पर दो लड़के खड़े-खड़े सिगरेट पी रहे थे। आरती ने देखा, उसे देखकर उन दोनों में नज़र की अदला-बदली हुई। दोनों के होठों पर ज़रा चकित-सी हंसी खेल गयी। आरती की भवों पर बल पड़ गए; वह नज़र झुकाए नीचे ताकती हुई नहीं चल सकती—सामने को देखती हुई दृढ़ता से कदम बढ़ाती हुई उतरने लगी। चौताल पर कदम रखते ही उनमें से एक ने पोथी-पत्तर को कपाल

से लगाकर कहा—नमस्ते जी। अन्यथा न सोचें, एक बात पूछनी है।

लाचार प्रतिनमस्कार करके वह बोली—कहिए।

हंसकर वह लड़का बोला—यानी आपका नाम पूछ रहा था। आप ही तो रति देवी हैं? रति सेन?

लहमे में मारे क्रोध के वह उबल पड़ी थी—मगर चीखी नहीं। झपट्टा मारकर उसने उस लड़के की किताबें छीन लीं और सीढ़ियों से उतरने लगी।

हक्का-बक्का सा हो वह लड़का कुछ देर तक गूंगे जैसा खड़ा रहा, फिर दौड़कर उसके पास जाकर बोला—यह क्या, मेरी किताबें क्यों ले ली? दीजिए।

—सेक्रेटरी के कमरे में चलिए। उन्हींसे ले लीजिएगा। किताबों से आपका नाम, रोल नंबर, क्लास आदि मैं जानूंगी और अपना नाम, परिचय भी आपको दूंगी।

उसकी चाल खुद-बखुद तेज़ हो गयी थी।

—जी, सुनती हैं? सुनिए! सुनिए!

आरती ने जवाब नहीं दिया।

—मुझे माफ कर दीजिए। सुनती हैं!

फिर भी कोई जवाब न देकर आरती उतरती रही। पलटकर भी न देखा।

—फिर कभी...

—बात क्या है? क्या हुआ?

ठीक दूसरे चौताल पर से प्रोफेसर घोष पूछ रहे थे। दूसरे ही क्षण वे भी मुड़कर आरती के सामने थमककर खड़े हो गए थे। ऊपर जाते समय इनकी बातें उनके कानों तक पहुंची थीं। शायद कुछ-कुछ देखा भी था उन्होंने।

आरती आवेग से हांफ रही थी। कनपटियां आग जैसी सन्-सन् कर रही थीं। भरसक अपने को ज़ब्त करते हुए वह बोली—मैं सेक्रेटरी के

पास इनकी शिकायत करने जा रही हूं।

उसे चल देने की इच्छा हुई थी। गांधीवादी, मधुरभाषी आदमी उसे कभी न जंचा। प्रोफेसर घोष ही बोले—क्या हुआ है, यह मुझे नहीं बता सकती? सेक्रेटरी हैं नहीं, अभी-अभी उधर से उपकुलपति के साथ चले गए।

—मैंने तो सर महज़ नाम पूछा था। तो इस खता के लिए भी बार-बार माफी मांग रहा हूं।

—चुप रहो। मैं पहले उनसे सुनना चाहता हूं, बशर्ते कि वे कहें। होंठ चबाकर आरती ने अपने को जब्त किया। उसने कहना चाहा था: नहीं, जो कहना है, मैं सेक्रेटरी से ही कहूंगी। लेकिन इस बात को होठों पर ही रोककर बोली—मेरा नाम आरती है! ये निरीह भाव से मुझसे कह रहे थे—आपका नाम पूछ रहा था। आप ही रतिदेवी हैं न?...मैं इसीलिए इनकी किताबें छीनकर सेक्रेटरी के पास जा रही हूं।

प्रोफेसर घोष का भी चेहरा लाल हो उठा था। रूखे लेकिन धीमे स्वर से उन्होंने कहा—तुम छात्रों के कलंक हो। शर्म की इतनी बड़ी बात और हो नहीं सकती!

वह लड़का तनकर खड़ा न रह सका था—टूट पड़ा था। उसकी आंखों से आंसू की बूंदें टपकने लगी थीं। कोशिश करके भी वह बोल न सका था—अबला-से कांपने लगे थे उसके होंठ।

आरती ने अब किताबें उसे दे दी और कहा—लीजिए। लेकिन फिर कभी मज़ाक में अपनी किसी सहपाठिनी का ऐसा अपमान न करें।

किताबें लेकर वह लड़का सिर झुकाकर चला गया। आरती भी लौटी। लेकिन उसे बुलाकर प्रोफेसर घोष ने कहा—तुम ठहर जाओ। चलो, ट्राम या बस, जिससे भी जाना हो, मैं तुम्हें पहुंचा आऊं।

और वे उतरने लगे थे। उतरते-उतरते कहा—तुमसे एक बात कहूं...'डोंट टेक इट ए मिस'—मुझे गलत मत समझो।

वे ज़रा हंसे। शायद रूखी बात को मुलायम करने की नीयत से—कुनैन पर की कोटिंग सी मीठी हंसी।

—आरती ने कहा—कहिए।

—तुम ऐसी खिंची क्यों रहती हो! साथ पढ़ने वालों से मिलती-जुलती क्यों नहीं? और, वेश-भूषा में थोड़ी सहज-यानी अपने देश जैसी क्यों नहीं होती? थोड़ा और सोबर'[1]। इसपर काफी टीका-टिप्पणी सुना करता हूं, इसीलिए कह रहा हूं।

आरती ने कहा था—आप मुझसे नाराज़ न हों सर, मैं यहां पढ़ने के लिए आई हूं, दोस्ती गांठने नहीं। बंधु-बांधवी बहुत है मेरी। और बंधु होने के लिए जिस सहृदयता की ज़रूरत है, मैं नहीं समझती कि वह यहां किसी में है। इसीसे और बंधु-बांधवों की मुझे ज़रूरत नहीं। और छुटपन से मैं इसी पहनावे की आदी हूं। इसे मैं 'अनसोबर'[2] भी नहीं मानती।—कहकर वह तेज़ी से प्रोफेसर घोष को छोड़ चल पड़ी थी। इसके बाद प्रोफेसर घोष ने भी साथ नहीं जाना चाहा : जानकर ही वे पीछे रह गए।

इसके बाद हफ्ते भर के अन्दर!

—कुछ तै किया? कहां पहुंचाना होगा तुम्हें, बताओ तो?

औरों से पूछताछ कर चुकने के बाद कमरे से निकलते समय प्रोफेसर घोष फिर आरती के सामने आए और यही पूछा।

आरती की भवें सिकुड़ गईं, ललाट पर शिकन पड़ गए। जवाब देने लायक सोचने का वक्त उसे नहीं मिला। उस मकान और बैंक के कुछ रुपयों के सिवाय उसका सर्वस्व जाता रहा था। जो पहने थी

वही कपड़े थे, और नहीं। अपने लोग उसके हैं—ममेरे भाई लोग।

---

1. गंभीर, 2. भड़कीला

बंधु-बांधव भी हैं। लेकिन इस गयी-बीती हालत में कहां उसे सच्चा स्नेह समादर मिलेगा, गहराई से सोचे बिना यह ठीक नहीं किया जा सकता। ममेरे भाई हैं तो अपने, लेकिन उनसे वह स्नेह-संबंध मानो रहा नहीं।

कालयुद्ध! उसका एकमात्र अभिशाप बाहरी विनाश-लीला ही नहीं, नागासाकी हिरोशिमा में जो एटम बम गिरा, उसकी प्रतिक्रिया वायुमंडल में ही ज़हर बिखेरकर शांत नहीं हुई, उसने मनुष्य के मनोलोक में जो विष फैलाया, उसकी ज्वाला से सारा कुछ जलकर भस्म हो गया। युद्ध में उसके ममेरे भाइयों ने कोई सक्रिय राजनीति तो नहीं की, करने की योग्यता भी उन में नहीं थी, न है। लेकिन देशप्रेम और आज़ादी की कामना के मनोविलास से वे लड़ाई के आरंभ से ही जर्मनी के समर्थक थे और जब जापान युद्ध में उतर पड़ा तो वे और भी उत्साहित हो उठे। उसके भी बाद जब लड़ाई के रंगमंच पर नेताजी का आविर्भाव हुआ, तो ये शौकीन और मियांमिट्ठू विप्लवी लोग घर बैठे इस पक्ष के समर्थन में ज्वालामुखी हो उठे। दूसरी ओर, उसका भाई रथीन लंदन में जर्मन बम से मारा गया। उसीके धक्के से 'सेरिब्रल थमसिस' होकर आरती के पिता के दायें हिस्से को लकवा मार गया। और '42 के चौबीस दिसम्बर को जब डलहौज़ी-स्क्वायर पर जापानी हवाई हमला हुआ, तो वे खौफ से चल बसे। इसका यह नतीजा हुआ कि आरती जापान, जर्मनी और उन्हींके साथ नेताजी सुभाष बोस के होने के कारण उनकी भी घोर विरोधी हो गई। लगभग देश भर में तब से आज तक यही दशा है। विभिन्न राजनीतिक दलों के प्रभाव से एक ही घर में चार लड़के चार विभिन्न मतों के कारण एक-दूसरे के विरोधी हैं। मार्मिक चोट खाकर आरती के विद्वेष के तीखेपन की हद न थी। उसी तीखेपन के चलते उसने ममेरे भाइयों के साथ-साथ ननिहाल से भी नाता तोड़ लिया। एक भाई से तो बोलचाल तक बंद। आफत की ऐसी घड़ी में भी आरती वहां जाने की नहीं सोच पाती। बंधु-बांधवों में सबसे पहले

ऐसों की ही याद आ रही थी जो उसीके जैसे थे। लेकिन उनमें से बहुतेरे खुलकर राजनीतिक दलों से जुड़े थे। उसके विचार चाहे जो हों, अपने विचार और कार्य को क्षुण्ण करके वह आज तक किसी भी राजनीतिक दल में शामिल नहीं हुई।

—नहीं तै कर पाई हो, क्यों! खैर, उस बेला तक सोच-विचारकर ठीक कर लो। कपड़े तो तुम्हारे पास है ही नहीं! चाहिए न?

—नहीं। मैंने सोच लिया। बालीगंज में मेरे एक मामा रहते हैं—मनोहर मुकुर रोड़ में। मैं वहीं जाऊंगी।

—फिर तो खैरियत हुई। पता बतायो तो। फोन हो तो अभी खबर किये देता हूं, वे आ जाएंगे।

क्षण भर सोचकर आरती ने कहा—उंहूं। इतना करते तो शायद उनसे न बने। कृपा करके मुझे पहुंचा नहीं दे सकते?

प्रोफेसर घोष ने साथ के सज्जन की तरफ ताका—केशो भाई...

खूबसूरत से केशव बाबू ने कहा—करता हूं इंतज़ाम। गाड़ी चाहिए। तीन बजे तक शायद हो सके। गाड़ी मिल भी जाए तो ड्राइवर की मुसीबत। हौलदिल और डरपोक आदमी से तो न बनेगा। माधव या रतन, इन दो में से कोई हो तो ठीक है। रतन होगा, तो साथ में और कोई चाहिए। लाख हो, मिस्त्री ही ठहरा। ठीक से जानता नहीं। नया है। खैर, तीन बजे तक हो जायगा, ऐसी उम्मीद है।

—मुझे साड़ी-ब्लाउज़ चाहिए। इसे...

गले से लाकेट सहित पतला-सा हार निकालकर बोली-इसे बेचने से हो जायगा शायद।

—हम लोगों के पास फंड है।

बाधा देकर हंसते हुए ही आरती ने कहा—नसीब से अपने पास

कुछ है। आपको तो बहुतों के लिए बहुत कुछ करना है। और एक कपड़ा एक ब्लाउज़ से अपना काम भी नहीं चलने का। और भी खर्च है। बेचना तो आखिर मुझे पड़ेगा ही।

प्रोफेसर घोष ने हाथ फैलाकर कहा—दो।

ठीक इसी समय मकान की सीढ़ी के पास एक गाड़ी आकर लगी। उसमें से खाकी पोशाक पहने तगड़े से आदमी उतरे।—भैया!

—माधव!—प्रोफेसर घोष के साथी ने कहा।

माधव आकर खड़े हुए। आरती पहचान गई, यही सज्जन कल उद्धारकारी दल के अगुआ थे और गाड़ी चला रहे थे।

—कल रात की सफेद कैडिलेक (कार) वाली बात अफवाह नहीं, सच है। निकिटीपाड़ा के पास खड़ी थी। रात के लगभग दस बजे होंगे। रतन ने अपनी आंखों देखा है।—और उन्होंने आवाज़ दी—रतन!

प्रोफेसर घोष शायद बात को समझ नहीं सके। उन्होंने पूछा-सादी कैडिलेक?

—चीफ मिनिस्टर के एक सफेद कैडिलेक है। लोग कहते हैं, यह—बोलते-बोलते ही वे निकल गए।

आरती खिड़की से बाहर की तरफ देख रही थी। निकिटीपाड़ा के नाम ने उसे चौंकाया। उन निरीह लोगों के उस मुहल्ले में सुना है, बदला लेने के आक्रोश से बड़ी बेरहमी से खून किए गए। हंसिया, लाठी, ढेला-जिसे जो मिला, उसने वही लेकर हमला कर दिया। सारे महल्ले में आग लगाकर, पहरा देकर उसे एकबारगी फूंक दिया गया। आग चौबीस घंटे से भी ज़्यादा देर तक जलती रही।

एक मस्जिद के अंदर अभी भी कुछ लाशें पड़ी हैं, रास्ते पर भी शायद इधर-उधर लाशें पड़ी हैं। आरती सोच रही थी, दोष किसे दे?

अचानक किसीकी आवाज़ सुनकर वह चौंक उठी। बाहर कोई कह रहा था—मैंने अपनी आंखों देखा है और गाड़ी को मैं पहचानता हूं।

अजीब आवाज़। भारी और ज़ोरदार। कांसे जैसी। मानो कितनी पहचानी सी।

उसने उझककर बाहर झांका।

कल वाला वही आदमी!

अजीब बात। अदृश्य अशरीरी की तरह मनोमंडल में किसका अस्तित्व अनुभव कर रही है वह! लेकिन न तो उसे देख पाती है, न ही छू सकती है, केवल एक अदृश्य अस्तित्व के अनुभव से मन में बेहद बेचैनी जाग उठती है। कौन? कौन? कौन?

3

गहरे अंधकार में दियासलाई की एक तीली पल भर को लहकी और अचानक चेहरे को ज़रा-सा झलकाकर मानो बुझ गयी। धूल से मैली हुई अंगूठी के हीरे के एक पहल का मैल मिट गया और तनिक चमक आंखों में तीर की तरह चुभी।

आरती चौंक उठी। उसके सारे स्मृतिलोक में हलचल हुई। वह?... ऐसा भी हो सकता है भला!

तीन बजे गाड़ी आयी।

बाग बाज़ार के बसु बाबुओं के यहां से गाड़ी पर सवार होकर आरती इस चिंता में डूब गयी कि जाने उसके ममेरे भाई किस तरह का व्यवहार करें। उस आदमी की बात वह भूल गयी। उसे पहुंचाने के लिए जो गाड़ी लेकर आये थे, वे थे माधव बाबू। उद्धार करने वालों के दल के नेता। विशिष्ट परिवार के थे। और सवेरे केशव बाबू नाम के जो सज्जन प्रोफेसर घोष के साथ आए थे, वे बेशक इनके भाई थे। मिलती-जुलती शकल ही इस बात की गवाह है। केशव बाबू को सवेरे इन्होंने भैया कहकर ही

पुकारा था। साथ के आदमी उन्हींके कोई होंगे।

गाड़ी वहां से गंगा-किनारे के रास्ते चली। राह में जले निकिटी-पाड़ा की चिता अब भी धुआं रही थी। लाशों की बदबू आ रही थी। इंप्रूवमेंट ट्रस्ट के रास्ता घाट तैयार करने के सरो-सामान जिस खुली जगह में रहते, उससे सटा ही हुआ था निकिटीपाड़ा। नए रास्ते पर कई नावें पड़ी थीं। उन नावों पर कुछ गिद्ध बैठे थे, कई कुत्ते आसपास चक्कर काट रहे थे। तमाम सड़क जली हुई बस्ती की राख से काली पड़ गयी थी। उसीपर कुछ सड़ी और फूली हुई लाशें पड़ी थीं। एक मस्जिद जलकर काली पड़ गयी थी।

आरती अस्फुट आर्तनाद कर उठी।

—आप अगल-बगल मत देखें। बल्कि नाक पर कपड़ा रखकर आंख बंद कर लें। इधर बहुत सी लाशें पड़ी हैं।

यह माधव बाबू ने बताया। उन्होंने और भी कहा—शोभा बाज़ार में भी मिलेंगी—हब्बु गुंडे के अड्डे के पास।

माधव बाबू के संगी ने धीमे से कहा—उस लाश को हटा लिया?

—जो हंसिया से दो टुकड़े कर दी गयी थी? शायद हटा ली हो। लेकिन सुबह तक भी पड़ी थी। रतन कह रहा था।

—सफेद कैडिलेक तो वहां भी पहुंची थी?

—पहुंचने से क्या होता है? हिंदुओं का घर फूंकने से वह आग मुसलमान के घर भी लगती है। हिंदुओं के घर के पास पहुंचकर ही वह आग बुझ नहीं जाती।

—इस रास्ते से क्यों ले पाए?—बेताब होकर ये कुछ शब्द बरबस आरती के कंठ से निकल पड़े।

—आखिर उपाय क्या है! सभी रास्तों पर कुछ न कुछ ऐसा हुआ ही है। हां, इधर कुछ ज़्यादा ज़रूर है। लेकिन मजबूरन आना पड़ा। जो गाड़ी चलाकर ले जायगा, उसे शोभा बाज़ार में लेना है।

—आप नहीं चलेंगे?

—मैं न चल सकूंगा। शोभा बाज़ार में कुछ मुसलमान हैं–उन्हें, ले जाने के लिए पुलिस आएगी! मैं वहां रहूंगा। आप घबरायें नहीं, जो ड्राइवर जायगा, वह गाड़ी मुझसे बुरी नहीं चलाता। और हिम्मत तो शायद मुझसे भी ज़्यादा है। फिर शंभू आपके साथ रहेगा। कोई डर नहीं।

अचानक आरती बोल पड़ी–और अगर मेरे मामा के यहां कोई न हो, तो?

हंसकर माधव बाबू ने कहा—फिर इसी गाड़ी से लौट आयेंगी। आसपास दूसरे कोई हों, तो ये लोग आपको वहां भी पहुंचा सकते हैं। आपको यों ही छोड़ नहीं आयेंगे ये, खातिर जमा रक्खें।

ममेरे भाई क्या सलूक करेंगे—आरती के मन में उस समय यही कल्पना झांकी मारने लगी थी। मतभेद के चलते जहां भेंट-मुलाकात बंद हो जाती है, वहां विपदा के थपेड़े खाकर जाने पर भी हमले के मौके से नहीं चूकते, ऐसे ही लोग दुनिया में ज़्यादा होते हैं। तिसपर उसके ममेरे भाई हैं तो पक्के व्यवसायी, पर अधकचरे शिक्षित हैं। रुपयों के बल पर ही उनकी आवाज़ ऊंची और तीखी है। फिर आज़ाद हिंद फौज के लिए देश की भावुकता भरी सहानुभूति तथा नेताजी सुभाष के प्रति श्रद्धा काले बाज़ार वालों के बैंक बैलेंस की तरह उनका मूलधन हो गयी है। लड़ाई के इन कई वर्षों में आज़ाद हिंद फौज के आगमन की राह सुगम करने के पीछे उन्होंने चुपचाप कितने रुपये खर्च किए, कितनी बार किस तरह से कितने फारवार्ड ब्लाक वालों को कहां किस जंगल में छोड़ आये, किस शहर के किस गुप्त अड्डे से पुलिस की चौकस नज़र बचाकर उन्हें निकाल लाये, कहां बम या पिस्तौल की गोलियां पहुंचा आये, कब साठ से अस्सी-सौ मील की रफ्तार से मोटर चलाकर पीछा करने वाली पुलिसगाड़ी को अंगूठा दिखाया, पिस्तौल-रिवाल्वर यहां तक कि राइफल की सनसनाती हुई कितनी गोलियां उनके कानों के पास से निकल गयीं—ये रोमांचकारी कहानियां सुना-सुनाकर आज वे बड़े

गौरवशाली हैं, बड़े ही रूढ़भाषी!

गाड़ी रुक गयी। शोभा बाज़ार की किसी गली का मोड़। आरती फिक्र की थकावट से सीट के पीछे माथा टिकाकर सोच रही थी। आंखें बंद थीं। उसने सिर नहीं उठाया—आंखें भी न खोली। उसे पता चल गया कि माधव बाबू उतर गये। उनकी जगह दूसरा आदमी जा बैठा।

कानों में माधव बाबू की आवाज़ आयी-आंखों में क्या हुआ, गागल्स क्यों?

—एक आंख लाल हो गयी है ; पानी बहता है। सवेरे जली हुई बस्ती में घूमता रहा। राख-वाख पड़ गयी शायद।

—रात को थोड़ा सेंक देना। अच्छा जाओ। तुम्हें क्या बताना। सावधान!

—जी।

—स्ट्रेंड रोड से मैदान होकर विक्टोरिया मेमोरियल के बगल से हरीश मुखर्जी रोड पकड़ना।

गाड़ी चीख उठी। हिली। आवाज़ से लगा, यह कल वाली वही भारी आवाज़ है। आरती ने आंख खोलकर देखा और फिर आंखें बंद कर ली।

हां—वही तो! कौन? मगर यह सोच-सवाल एक पल में उड़ गया और उसे अपने बड़े ममेरे भाई का चेहरा याद आ गया। और उसके कानों में मानो वे शब्द भी बज उठे, जिनसे वह आरती से सम्भाषण करेगा :

'...क्यों भई, कामरेड आरती सेन? बात क्या है? इनकलाब-ज़िन्दाबाद के पहले ही धक्के में टूट पड़ीं। तुम तो पाकिस्तान की सपोर्टर हो! कामरेडों को झंडा दिखा देतीं; देखते ही सब लौट जाते तुरत!'

'...अपना कोई भी झंडा नहीं! किसी भी दल से अपना कोई सरोकार नहीं। जिनके बम से मेरा भाई चल बसा, जिनकी बमबाज़ी के धक्के से मेरे पिता मरे...मैं उनके खिलाफ आजीवन रहूंगी। पाकिस्तान की सपोर्टर मैं कभी नहीं रही। तुम्हारी तरह एक ही साथ विलासी राजनीतिक और

धर्मध्वजी भी मैं नहीं। जिन्होंने मेरी आंखों के सामने घर लूटा, ज़ुल्म ढाया जानवर की तरह—वे मेरे दुश्मन हैं। यह भी देख आयी मैं कि बेबस मुसलमानों की बस्तियां भी फूंकी गयी हैं, उनकी लाशें सड़ रही हैं। जिन लोगों ने ये हरकतें कीं, वे भी मेरे बंधु नहीं। उनकी भी मैं कोई नहीं। हां, जिन्होंने ज़ुल्मियों से खुलकर लोहा लिया, उन्हें मैं श्रद्धा करती हूं।'—एक क्षण कां व्यवधान डालकर वह फिर बोली—'जानते हो, नसीब को मैं नहीं मानती। लेकिन चूंकि नसीब के सिवाय कहने को और कुछ मिलता नहीं इसलिए कह रही हूं कि नसीब के फेर से ही, ममेरा भाई जानकर कुछ दिनों के लिए तुम्हारे पास पनाह लेने आयी हूं।'

'...पनाह ज़रूर मिलेगी। वैसे हृदयहीन हम नहीं हैं। ये बातें बड़े दुःख से ही कह रहा हूं। याद पड़ जाती हैं न! घिनौनी जासूस-वृत्ति से भी बाज़ न आयीं तुम। पुलिस हमारे पीछे पड़ी थी। तुम्हारे सिवाय आखिर किसने पहुंचाई खबर?...'

अचानक एक घोर चीत्कार से सब थमक गये। आरती का ममेरा भाई चुप हो गया ; दूसरे ही दम रूढ़ स्वर में बोल उठा—यू ब्रूट! कुत्ते को तुमने इस तरह क्यों डांटा?

गाड़ी पर बैठी-बैठी की हुई उसकी कल्पना इतनी दूर तक तो अजीब ढंग से सच निकली। मनोहर मुकुर में गाड़ी से उतरते ही बड़े ममेरे भाई की जगह छोटे भाई से भेंट हुई। इतना ही न मिला। बड़े भाई शायद सो ही रहे थे। सोने में उन्हें रात के दो-ढाई बज जाते हैं। आरती को पता चला है, कालीघाट में उन्होंने एक नया मकान बनवाया है। उसमें उनकी एक दोस्त रहती है। उस दोस्त से कुंज-केलि करके रात के दो-ढाई बजे तक घर लौटते हैं। आरती ने सुना है, डलहौज़ी-स्क्वायर की बमबाज़ी की रात भी वे वहीं थे। लिहाज़ा कालीघाट के सुरक्षित इलाके में जाना उन्होंने ज़रूर बंद नहीं किया है। छोटे भाई से उसने ऐसे खोटे अल्फाज़ों की बिल्कुल उम्मीद न की थी। बड़े भाई के जो कुछ कहने की कल्पना

उसने की थी, वही छोटे भाई ने कहा। आरती ने मन ही मन जो जवाब ठीक कर रक्खा था, वही दिया। ठीक इसी समय उस ड्राइवर ने अपनी भारी आवाज़ में ज़ोरों से चीत्कार किया—ऐ ओ!

एक कुत्ता था। घर का ही एक स्पेनियल किस्म का कुत्ता। फाटक खुला पाकर जाने कब निकल पड़ा था। बातें फाटक पर ही हो रही थीं। कुत्ता मालिक को पार करके अपनी कटी दुम को अंगूठे की तरह हिलाता हुआ इसे-उसे सूंघता-चाटता फिर रहा था। ड्राइवर को देखकर वह भौंक उठा। भौंकना था कि ड्राइवर ने इस तरह डांट बतायी। उसकी इस उद्दंडता पर भारती का ममेरा भाई बड़े रूखे स्वर में बोल उठा—यू ब्रूट[1]! तुमने कुत्ते को इस तरह क्यों डांटा? व्हाई।[2]

—आइ हेट डॉग्स। आइ हेट डॉग्स।[3] खासकर उन कुत्तों से जो आदमी को देखकर इस तरह भौंका करते है।—कहते-कहते घृणा की अजीब भंगिमा से उसके होंठ उलट गये। सच ही जैसे मार्मिक घृणा छलक पड़ी और उसका छींटा सबको लगा।

—व्हाट?[4]—मारे गुस्से के पागल हो उठा आरती का ममेरा भाई। साथ ही उसका हाथ ड्राइवर का झोंटा पकड़ने के लिए उठाआ।

उसके बढ़े हुए हाथ को पकड़ लेने के लिए तैयार होकर ड्राइवर ने कहा—बुरा न मानें, आप मेरा बाल पकड़ेंगे तो मुझे आपका हाथ थामना पड़ेगा। मेरा हाथ बड़ा सख्त है। मैं जब पंद्रह-सोलह साल का था, तो गीदड़ ने मुझे काट खाया था। मैंने उसका जबड़ा पकड़ लिया था। जबड़ा टूट गया था। नाखून से उसने खरोंच बहुत मारी। देखिए, अभी भी निशान हैं। गुस्सा आ जाने पर मुझे होश नहीं रहता।

और वह गाड़ी पर बैठकर बोला—आइए शंभू बाबू, झमेले में मत डालिए मुझे। देर हो रही है। सांझ के बाद करफ्यू है।

शंभू ने आरती से कहा—तो हम चलें मिस सेन!

---

1. तुम जानवर हो, 2. क्यों? 3. मैं कुत्तों से बेहद घृणा करता हूं, 4. क्या

आरती निर्वाक् खड़ी रही—जमकर वह पत्थर हो गयी थी मानो। लेकिन अंदर के स्मृति-लोक में आलोड़न शुरू हो गया था; आंधी आयी हो मानो।

आरती का ममेरा भाई चीख उठा—स्टाप, स्टाप; आई से स्टाप![1]

गाड़ी स्टार्ट हो चुकी थी। थम गयी।

शंभू ने कहा—न न, चलो, रतन, चलो।

रतन उतर रहा था। शंभू के कहने पर ज़ब्त कर गया और आरती के ममेरे भाई की तरफ एक बार घूरकर गाड़ी हांककर चल पड़ा। गाड़ी बेहद तेज़ी से निकल गयी।

आरती का ममेरा भाई फिर चिल्ला उठा—स्टाप, यू सोयाइन, यू रास्क़ल![2]

—बात क्या है, हुआ क्या?

बरामदे पर एक बूढ़े सज्जन निकल आये।—लट्टू, इतना चिल्ला क्यों रहे हो? अरे रे, आरती? तू ज़िंदा है? कुशल से है? श्रा, अंदर आ। बहू...ओ बहू!

आरती तो भी स्तब्ध खड़ी रही।

यह भी सच हो सकता है? संभव है? लेकिन...लेकिन...

...'आइ हेट'[3] कहकर इस तरह होंठ उलटाने का ढंग दो आदमियों का एक हो सकता है! होता है। एक ढांचे के लोग होते हैं। मानव-विज्ञान में इसके नज़ीर हैं। शकल एक तरह की होने से हंसी एक-सी होती है, बोलने का ढंग एक होता है। होता है! पंजेकी ताकत भी बहुतों को है। खाली हाथों बाघ को मार डाला ऐसे आदमी के बारे में भी सुनने में आता है,पगले गीदड़ का जबड़ा तोड़ देना कोई अचरज की बात नहीं। लेकिन दो आदमियों के हाथ में क्या एक ही तरह के घाव के निशान होते हैं?

---

1. ठहरो, ठहरो, मैं कहता हूं, ठहरो, 2. ठहरो सूअर, बदमाश! 3. मैं घृणा करता हूं

ठीक एक से!

लेकिन यह भी क्या संभव है? एक खुशहाल सरकारी कर्मचारी का लड़का—खासा फैशनपरस्त इंजीनियरिंग का छात्र : आंखों में असीम दमक, महत्त्वाकांक्षी जवान, जो भविष्य में विलायत जाने वाला हो, बड़ी डिग्री लेकर आने के बाद बड़े सरकारी ओहदे पर जाने वाला हो, मोटर की सवारी, सजे-सजाये दफ्तर में बैठना—योजना बनाना, टिप्पणी लिखना, अकड़ के साथ लोगों से बोलना। रात को नाइट-क्लब की सैर, मौज-मज़े! जो इस योजना से अपने को तैयार कर रहा था, वह भला किस वजह से ड्राइवरी करेगा? लेकिन...वही आवाज़! ज़ख्म के वही निशान! 'आइ हेट' कहने का वही लहजा। वही गुस्सा। मूंछ-दाढ़ी में शकल छिप गयी है। सिर पर लंबे-लंबे बाल। बेहिफाज़त से, मोबिल-पेट्रोल से तांबे जैसे हो गये हैं। उसके बाल जतन से छंटे, शैंपू किये हुए और रेशमी थे। रंग गोरा था। वह रंग इस तरह जल जाएगा, ऐसे जल जा सकता है भला?

प्रवीर! प्रवीर चटर्जी!

इस रतन ड्राइवर में प्रवीर चटर्जी! हीरे की नग वाली गिन्नी सोने की अंगूठी ऐसी मलिन हो सकती है?

4

—आइ हेट यू, आइ हेट यू ऑल!

इन शब्दों के साथ प्रवीर के होंठ ठीक इसी तरह उलट गए थे, मानो होंठों के किनारे से उसने दिल की सारी घृणा उड़ेल दी थी।

उन दो छात्रों के साथ ज़ो वारदात हुई, ठीक उसीके बाद। उसके आरती नाम का लाभ उठाकर, 'रति' कहने के मज़ाक वाली जिस

घटना का प्रोफेसर वोष ने निबटारा कर दिया था—उसके दसेक दिन बाद युनिवर्सिटी में दाखिल होते ही कुछ लड़कों की एक जमात हवा के झोंके से राख उड़े अंगार की तरह दमक उठी थी; उनकी आंखों में एक इशारा खेल गया था। उसने उसकी परवाह न की और अंदर चली गयी। आज सब सूना-सूना सा था, ज़्यादातर छात्र-छात्राएं आयी ही न थीं। दूसरे ही क्षण उसे याद आया, सिंगापुर ध्वस्त हो गया, जापानी फौज रंगून की तरफ बढ़ रही है; लड़ाई की हालत दिन-दिन वैशाख महीने में आग लगे हुए सरपत के जंगल सी हो रही थी—भारतवर्ष के राष्ट्रीय जीवन में चिनगी अब सुलगी, अब सुलगी—यह हाल। छात्रों की मीटिंग और मीटिंग चल रही थी। विभिन्न मतों का प्रचार चल रहा था। मगर गज़ब देखिए। इसीमें पूर्वराग का नाटक भी चल रहा था। कई शादियां भी हो चुकीं। ये बाहरी लोग किसी दल में नहीं, इसीलिए बाहर ही बाहर छिटके रहते; उनका सहारा बस हंसी-मज़ाक भर।

चरवाहे राजाओं को मुरली के सिवाय और गति नहीं। हाय रे नसीब! मुरली की धुन से ब्रज की गोपियां रीझी थीं, तो क्या बीसवीं सदी में यनिवर्सिटी की पोस्ट-ग्रेजुएट युवतियों की टोली भी रीझेगी? मुरली-वह भी सनातनकाल की, बाँस की! 'श्याम हो, यहां न बजाओ मुरलिया' के सिवाय यहां के कवि की कल्पना में ही कुछ न आया। फिर इन गोप बालकों का गिरोह! राजनीति करने वालों की जमात में वह कभी नहीं जाने की, मगर उनकी तारीफ करती। उनका आखिर एक आदर्श तो है, हाथ मिलाकर काम करने से मन मिलता है।

—सुनिए!—एक लड़की ने आवाज़ दी। उसीकी सहपाठिनी। आरती पहचानती है उसे। नाम अनीता है शायद।

—मुझसे कह रही हैं?

—हां।

—कहिए। लेकिन आज माजरा क्या है, कहिए तो?

—सब सूना है, इसलिए पूछ रही हैं?

—हां। कोई मीटिंग है शायद।

—हां। आज जोरदार मीटिंग है। युनिवर्सिटी के बाहर कहीं हो रही है। क्लास शायद नहीं होगी। मैं आपकी इंतज़ार में थी।

—मेरी इंतज़ार में?

—चलिए, रास्ते में कहती चलूंगी।

—मुझे ज़रा लाइब्रेरी जाना है।

—नहीं, आप यहां न रहें। चलिए। आपको अपमानित करने के लिए साज़िश की गयी है। उस दिन आपने किसी लड़के की कापी-किताब छीन ली थी...

—हां। आज भी छीन लूंगी! और गाल पर तमाचा जड़ दूंगी। फिर अपने पैरों की तरफ देखकर बोली—अफसोस, मैं शू पहनकर आयी हूं, सैंडिल नहीं। शू भी नया है, झट से खोला नहीं जाता।

—आपको पता नहीं, वह लड़का कैसा खौफनाक और बेपरवा है! रस्टिकेट[1] होने को भी नहीं डरता। सुना है, जब वह बी० एस-सी० में था तो छात्राओं के नाक में दम किए रहता था। वह तो सीधे आकर 'पगली' संबोधन करके बात करता है। एक बार एक्सपेल्ड[2] हुआ था...। आज दूसरे लड़के-लड़कियां मीटिंग में हैं, इसीलिए उन्होंने मनसूबा गांठा है।

उसके सारे बदन में आग लग गयी थी। बोली—है कहां वह, बताइए भी। मैं खुद जाकर कहूं उससे : हलो, पगले...

—येस, येस, हियर आइ ऐम, पगली, हियर आइ ऐम।[3]

दोनों चौंक उठीं। सीढ़ी के सामने सूट पहने एक लड़का खड़ा था।

---

1. युनिवर्सिटी से निकाला जाना, 2. बाहर निकाला गया, 3. हां, हां, मैं यहां हूं, यहां हूं

पीछे की तरफ उलटे बाल, बड़ी-बड़ी आंखें, उमर ज़्यादा ही थी। देखते ही पता चल जाता कि जो लड़के पाठ्य-जीवन की नाव पकड़े यौवन-समुद्र के स्नान-घाट पर स्वीमिंग-कस्ट्यूम[1] पहने डोला करते हैं, यह उन्हींमें से एक है।

लगभग छलांग ही मारकर सीढियों पर पहुंच व्यंग्य की हंसी हंसते हुए वह सामने आ खड़ा हुआ—मैं आ गया पगली!

—आप चाहते क्या हैं?

—आइ ऐडोर यू।[2] तुम्हारा यह पहनावा, शैंपू किए हुए बालों की मीठी महक, पाउडर की भीनी खुशबू-आइ ऐडोर पगली, आइ ऐडोर।

—मैं चीख पड़ूगी।

—आइ डोंट केयर[3] पगली। वह वहां देखो, ऊपर मेरी जमात खड़ी है ; नीचे गेट के सामने देख आयी हो—तुम्हारी चीख पर कोई पहुंचे, इतने में प्रेम-निवेदन करके चल दूंगा।

—कावर्ड![4]

—ऐसा कहोगी, फिर तो रहूंगा मैं। जो भी आयें, उन्हींके सामने कहूंगा—आइ ऐडोर हर। रस्टिकेट होने की मैं परवाह नहीं करता। यहां का मैं रेगुलर[4] छात्र भी नहीं।

ठीक इसी समय छत की सीढ़ी पर जूतों की आवाज़। सभी ऊपर की तरफ ताकने लगे थे। ऊपर के लड़के ने इशारे से कुछ बताया भी। उस इशारे पर इस आवारा और दुस्साहसी लड़के ने ज़रा भौं भर सिकोड़ी। यू०टी०सी० की पोशाक पहने एक लड़का नीचे आ रहा था। भूरी आंखें, खूब साफ रंग, तगड़ा सा जवान। आरती उसे पहचानती न थी। युनिवर्सिटी में देखा नहीं। फिर भी वह कहने जा रही थी :

---

1. तैरने की पोशाक, 2. मैं तुम्हारी पूजा करता हूं, 3. मुझे परवाह नहीं, 4. कायर, 5. नियमित

ज़रा सुनिए। लेकिन उससे पहले ही इस हिमाकती लड़के ने हंसकर कहा—हैलो प्रवीर!

वह कतराकर चला जा रहा था। ठिठककर बोला—सुव्रत!

—येस ओल्ड फ्रेंड,[1] अच्छे हो?

—तुम यहां? फिर से पढ़ रहे हो क्या? भर्ती हो गये हो? तुमने भी गज़ब किया!

—पढ़ तो नहीं रहा हूं। कालेज के आसपास चक्कर काटता हूं। लेकिन तुम कहां...शिवपुर से इस सल्तनत में...

—सर का बुलावा था, यू०टी०सी० के काम से। अच्छा,गुडलक।—इतना कहकर उसने आरती की तरफ ताका। अचरज से तुरत बोला—अरे, आप तो रथीन बाबू की बहन हैं न? रथीन सेन? शिवपुर बी० ए० कालेज से पास करके विलायत गये हैं? हम उनसे जूनियर थे। उस समय बीच-बीच में आप होस्टल में जाया करती थीं।

—प्रवीर, तुम अपनी राह लगो। इनसे काम है मुझे। दोनों के चेहरे की तरफ देखकर प्रवीर ने कहा—आइ स्मेल समथिंग[2] सुव्रत।

तुरत भारती ने कहा—ये मेरा अपमान कर रहे हैं। आप......आप ...आगे वह बोल नहीं सकी। आंखों से आंसू बहने लगे।

—लीव हर,[3] प्रवीर। यह यहां के लड़कों का मसला है।

—यहां के लड़कों का मसला है, तो वे हैं कहां? तुम क्यों? छि छि! सुव्रत, अभी भी तुम्हारी ये गंदी आदतें नहीं गयीं?

—शट् अप्—सुव्रत ज़ोरों से डपट उठा था।

—चिल्लायो मत। आइ डोंट लाइक इट।[4] तुम्हें तो पता है कि मैं तुमसे कहीं ज़्यादा ज़ोर से चिल्ला सकता हूं। राह छोड़ दो। ...चलिए, आप लोग मेरे साथ चलिए।

—नहीं। मैं फिर कहता हूं प्रवीर, तुम चले जाओ। हम पुराने

---

1. हां, दोस्त, 2. मुझे कुछ संदेह हो रहा है, 3. इसे छोड़ो, 4. मैं इसे नहीं चाहता

दोस्त...

—आइ हेट यू।

घृणा से उसके होंठ ठीक इसी तरह उलट गये थे।

—व्हाट?[1]–साथ ही साथ सुव्रत ने घूंसा चलाया। अचानक मार बैठने की ही नीयत से चलाया। लेकिन प्रवीर गोया तैयार था। झप्प से उसकी कलाई पकड़कर मरोड़ा और उसे बेबस कर दिया। हंसकर बोला—मैं तुम्हारे पुराने ट्रिक्स[2] जानता हूं, सो तैयार ही था।

—छोड़ो, हाथ छोड़ दो।

—ज़बर्दस्ती मत करो। मेरे पंजे में कूवत ज़रा ज़्यादा है। पन्द्रह-सोलह साल का जब था, तब मुझे एक पगले गीदड़ ने काटा था। वह पांव में काट रहा था और मैंने पकड़ कर उसका जबड़ा तोड़ दिया था। नाखून से भरपूर खरोंचा था, निशान देख रहे हो?

—प्रवीर!—सुव्रत की चीख में अब पीड़ा थी।

—थोड़ा और दुखाऊंगा सुव्रत, जिससे तुम्हें संभलने में थोड़ा समय लगे।—हाथ को ज़रा और उमेठते ही सुव्रत चीखकर बैठ गया। उसका हाथ छोड़कर अब प्रवीर ने आरती और उसकी संगिनी से कहा—चलिए, अब ठहरिए मत। सुन रही हैं?

दोनों सहेलियां अवाक रह गयी थीं। प्रवीर की बात जो सुनी, दोनों तेज़ी से उतरने लगीं; लगभग भागने लगीं।

—दौड़ें मत। दौड़ने की ज़रूरत नहीं।

—ऊपर से उसके साथी उतर रहे हैं!

—उतरने दीजिए। जो ऐसे काम करते हैं, उनमें से निन्यानवे फी सदी कावर्ड होते हैं! सुव्रत एक ही होता है। उनमें हिम्मत होती तो सुव्रत को बाहर से नहीं बुलाया होता। नहीं कह सकता, आपसे क्या झमेला हुआ। जो भी हुआ हो चाहे, फैसला अपने-आप ही करते। और कम से

---

1. क्या? 2. पैंतरे

कम उस दिन तो न करते, जब यहां के सारे लड़के देश की समस्या पर विचार करने के लिए गैरहाज़िर हैं।

बातें करते हुए वे कालेज स्ट्रीट के गेट के सामने आ गए। गेट पर जो लोग खड़े थे, वे तब तक अंदर की तरफ जाने लगे थे। सिर्फ एक लड़के ने आगे बढ़कर कहा—इसका फैसला बाकी रह गया प्रवीर बाबू! कभी होगा!

ज़ख्मों के निशान वाले हाथ को फैलाकर प्रवीर ने कहा—फॉलो योर फ्रेंड्स।'[1] वह जा रहा है। इधर मत आइए।

—अच्छा!

टोककर प्रवीर ने कहा—आइ हेट टु स्पीक टु यू।[2]

घृणा से उसके होंठ उलट गए।

वह प्रवीर, और यह मोटर-ड्राइवर या कि मिस्त्री रतन। कैसे मिल सकता है? लेकिन अजीब मिलते से! गज़ब! वही आवाज़! 'आइ हेट यू' कहकर होंठों का ठीक वैसे ही उलट जाना। हाथ में ज़ख्म के वैसे ही निशान! गज़ब की बात! वे निशान उसने देखे जो थे। भली तरह देखे थे। उस दिन युनिवर्सिटी से निकलने के बाद प्रवीर ने उसे अकेला नहीं जाने दिया—चाहे ट्राम से हो, चाहे बस से, मैं पहुंचा आऊंगा। आज तो आपको टैक्सी से भी अकेले जाने देना ठीक नहीं। सुव्रत दरअसल कुव्रत है। सभी समाज में कलंक जैसे कुछ जीव होते हैं। सुव्रत छात्र समाज का कलंक है। उसे आप पहचानती नहीं। वह टैक्सी पर भी आपका पीछा कर सकता है।

---

1. अपने दोस्तों के पीछे जाओ, 2. मैं तुमसे बात करने में नफ़रत करता हूं।

उसने आरती की संगिनी को भी साथ चलन को कहा था। जब सुना कि आरती कपालीटोला में रहती है, तो बोला—फिर तो पास ही है। चलिए, पैदल ही चलें।

आरती की संगिनी श्याम बाज़ार की थी। मिर्ज़ापुर स्ट्रीट और चित्तरंजन एवेन्यू के मोड़ पर वह उनसे विदा होकर बस पर सवार हुई। कहा—बस में भरे हुए लोग हैं—और उन लोगों में से कोई नज़र नहीं आता। मैं ठीक-ठाक चली जाऊंगी। आप आरती को पहुंचा दें।

रास्ते में महज़ दो बातें हुईं। प्रवीर ने कहा—आपके तो गाड़ी है!

—नहीं, पिताजी ने बेच दी।

—अच्छा। लड़ाई के लिए सरकार गाड़ियां ले रही है। उससे बेच देना अच्छा।

—नहीं। कारोबार में बड़ा नुकसान रहा। हमारा प्रायः सब कुछ चला गया।

इसके बाद कोई बात नहीं हुई।

घर पहुंचकर एक प्याला चाय पी लेने का आग्रह किया था। उसी चाय पीने के वक्त आस्तीन मुड़े हाथ की ओर देखकर कौतुक से पूछा था—छुटपन में पगले गीदड़ का जबड़ा पकड़ लेने में डर नहीं लगा आपको?

—डर मुझे सदा से कुछ कम रहा है। उन दिनों हम जलपाई गुड़ी में रहते थे। एक गोरखा ड्राइवर था अपना। मेरे साहस का गुरु वही था। डेयर डेविल[1] कहिए! डेढ़ेक हाथ की छोटी सी लाठी से बड़े-बड़े सांप को मार डालता था। खुखड़ी से भेड़िए-भालू का काम तमाम किया था। किस्सा सुनाया करता था। पूछता कि डर नहीं लगता, तो सिर्फ हंसता। कौतूहल की न पूछिए। हंसी के ज़ोर से बेचारे की आंखें लगभग बंद हो जातीं। पेट भर हंसने के बाद कहता : डर? बिल्कुल

---

1. साहसी दानव

नहीं! डर क्यों लगे! ऊ जानवर, हाम आदमी। उसको ज़ोर है, दांत है, नाखून है, पंजा है। हामको भी सब है। खुखड़ी है। लाठी है।...किस्सा सुनाता था कि बचपन में एक बार जंगल में एक मांद देखी। कौतूहल हुआ। घुड़ककर उसमें घुस गया। ज़रा सा अंदर गया था कि दो जलती सी आंखें दिखायी पड़ीं। अब सोचिए बेचारे का हाल! आमने-सामने। सामने को ही निकलने की राह उसकी। एक-दूसरे के सामने। उसके पीछे लौटने का भी उपाय न था क्योंकि मांद का मुंह उतना चौड़ा न था। वही आंख मुंद जाने वाली हंसी हंसकर वह कहता : अब क्या करेगा। उसके सामने खूब ज़ोर से खे-खे कर दिया। बस, वह बेवकूफ बन गया। फिर थोड़ा-थोड़ा पीछे हटने लगा। ज़रा रुका और फिर खे-खे किया। फिर हटा। गड्ढ से बाहर निकलकर दौड़ा। इतने में गड्ढे से एक भालू निकल के जंगल में भाग गया। जो डराता है, उसे आप भी डराइए, देखिए, भाग जायगा।...और मेरे पिताजी शिकार के बड़े शौकीन थे... लिहाज़ा...

प्रवीर ज़रा हंसा।

इस बीच आरती उसकी मज़बूत भुजाओं की तरफ देख रही थी। अब उसने उसके हाथ को पास लाकर कहा-उफ्, आपको भी तो बड़ा घायल कर दिया था।

—हां। एक बार ही काटकर भाग गया होता, तो मैं कुछ न कर सकता। लेकिन उसने बार-बार काटना शुरू किया। मेरा भी खून गरम हो गया। दाहिने घुटने में वह दांत मार रहा था—मैंने उसी घुटने से दबाकर उसे गिराया और दोनों हाथों से उसके मुंह के दोनों हिस्सों को पकड़कर जरासंध-वध की तरह फाड़ डाला। दर्द के मारे सामने के पंजे से उसने भी मारने की कोशिश की। एक पांव तो मेरे बायें पांव के नीचे दबा था ; दूसरे पंजे से उसने तिलमिलाकर मुझे मारा था।

खुशी से उसका चेहरा खिल पड़ा था।

ठीक इसी समय उसके पिता घर आ गए थे। थके-थकाए, टूटे हुए

आदमी। कुछ ही महीनों में क्या हालत हो गयी! पहले की वह दृढ़ता चूर-चूर हो गयी थी। जिस आदमी की ओज भरी बातों से विरोधी सन्न रह जाते थे, उसी आदमी की रट हो गयी थी—नहीं कह सकता, ठीक समझ नहीं पा रहा हूं।—जिनकी खुले दिल की हंसी से अगल-बगल के घर के लोग चौंक पड़ते थे। जिनके भय से घर में पली हुई मैना रूखे स्वर में कै...च कर उठती थी, उसी आदमी की हंसी थके-हारे मुखमंडल के रूखे होंठों की एक उदास रेखा सी बन गयी थी। कालेज के समय आरती को एक अनजाने युवक के साथ घर में देख वे ठिठक पड़े थे। कालेज के ब्वाय फ्रेंड के वे बड़े विरोधी थे। कहा करते—जात-धरम में नहीं मानता, लेकिन खानदान मानता हूं। खानदान का परिचय मेरे लिए सबसे बड़ा है। आइ डोंट लाइक : मुझे यह कतई पसंद नहीं कि मेरी लड़की कालेज में किसी अज्ञातकुलशील सहपाठी से दोस्ती करे और अंत में आकर यह कहे कि मैंने अमुक को प्यार किया है, उसीसे शादी करूंगी।

जब वे बोलते थे तो सामने जो भी हों, उनकी आंतरिकता की दृढ़ता से स्तब्ध रह जाते थे, व्यक्तित्व से भी। थोड़ी देर चायपार्टी करते, फिर कहते—अगर मेरी लड़की ऐसा करे तो मैं यह कामना करूंगा कि इसके पहले ही मेरी मौत हो जाय।

अपने पिता की उस दिन की सूरत आज भी उसकी आंखों में तैर रही है। उनका चेहरा क्षण भर में लाश की तरह पीला पड़ गया था। वे चुपचाप बाहर चले जा रहे थे लेकिन आरती ने ही पुकारा—बाबू जी!

उन्होंने उत्तर न दिया। खड़े हो गए।

—इन्होंने आज बड़ी बेइज़्ज़ती से मुझे बचाया।

—बेइज़्ज़ती से!—अब की अमृतसेन पलटकर खड़े हो गए—हुआ क्या था?

—बिगड़ेदिल लड़कों की जमात। भला-बुरा तो हर कहीं होता है,

छात्रों में भी है...ऐसे ही लोगों ने...पता नहीं, पहले शायद उनसे मिस सेन का कोई झगड़ा-वगड़ा हुआ था, उसी खोज से बाहर से एक बड़े ही आवारा लड़के को बुला लाए थे।

—आप? आप कौन हैं? पोशाक तो मिलिटरी की देख रहा हूं।

—यह यू०टी०सी० की पोशाक है। मैं शिवपुर इंजीनियरिंग कालेज का छात्र हूं। अपनी कोर के अध्यक्ष के पास युनिवर्सिटी आया था।

इसपर आरती बोली—ये भैया को पहचानते हैं बाबूजी। मुझे देखते ही बोले : आप तो रथीन बाबू यानी रथीन सेन की बहन हैं। आपको मैंने होस्टल में बहुत बार देखा है ; भैया से मिलने जाती थीं।

पिताजी अब खुश हो गए। कुर्सी पर बैठते हुए बोले—आइ ऐम ग्रेटफुल टु यू, यंगमैन[1]। आपका नाम?

—प्रवीर चटर्जी।

—घर?

—घर कभी बर्दवान ज़िला था। लेकिन वह सब अब रहा नहीं। दादाजी नौकरी करते थे, फिर पिताजी ने नौकरी की। उन्हींके साथ ज़िले-ज़िले घूमता रहा। उसके बाद दिल्ली में...

—दिल्ली में? वहां कौन-सी नौकरी?

—केंद्रीय सरकार के उपसचिव थे। साल भर के करीब हुआ, चल बसे।

—मां ज़रूर होंगी।

—जी नहीं। मां बहुत पहले ही गज़र चुकीं। बड़े भाई हैं। वे भी दिल्ली सचिवालय में ही काम करते हैं।

—आइ सी[2]—वे ज़रा चुप रहे, फिर बोले—मेरी थियरी सच निकली। मेरी एक थियरी है। माता-पिता उच्चशिक्षित-उच्चशिक्षा से मेरा मतलब अंग्रेज़ी शिक्षा और सोहबत है–न हों तो बच्चे कभी अच्छे नहीं

---

1. युवक, मैं तुम्हारा कृतज्ञ हूं, 2. अच्छा!

होते। एक्सेप्शन[1] ज़रूर है। लेकिन...

उसके बाद काफी बातें हुईं।

बीच में उन्होंने पूछा—इंजीनियरिंग पास करके क्या करोगे? यानी स्वाधीन तौर पर तिजारत कि नौकरी?

हंसकर प्रवीर ने कहा—अपना तो खास इरादा है कि मिलिटरी इंजीनियर की ट्रेनिंग लेकर सेना में दाखिल होऊं। देयर इज़ लाइफ़...

—येस्, देयर इज़ लाइफ़।

—अभी लड़ाई के दिनों घुसने में भी सहूलियत है।

—बेशक। वेरी गुड आइडिया। वेरी गुड...सुनकर मैं बेहद खुश हुआ कि दीज़ पोलिटिकल इज़्म्स[2] ने तुम्हें इनफ्लुएंस[3] नहीं किया है।

—आइ हेट पोलिटिक्स[4]।

उसके होंठ फिर उलट गए थे।

—मिलिटरी लाइफ़ तुम्हें सूट करेगी। जंचती है तुम्हें?

—बेहद। सेंटीमेंट[5]-फेंटिमेंट में बर्दाश्त नहीं कर सकता, मेरी नज़र में मिलिटरी लाइफ़ आइडियल लाइफ़[6] है। दिन भर अपना काम किया, शाम को ज़रा क्लब घुम आया, फिर तमाम रात साउंड स्लीप।[7] लड़ाई में मौत और ज़िन्दगी के दरम्यान खड़ा होकर काम करूंगा, गोलियां छूटेंगी, बम फूटेंगे, हवाई हमला होगा...इससे भी थ्रिल[8] और कुछ है? बुलडोज़र चलाकर कभी-कभी रास्ता बनाऊंगा, हफ्ते भर में नदी पर पुल बनाऊंगा, पहाड़ काटूंगा। आइ लाइक इट वेरी मच।[9]

—वेरी गुड। वेरी गुड। ईश्वर तुम्हारा कल्याण करें। मंगल हो तुम्हारा और मैं यह कह सकता हूं, तुम्हारी तरक्की होकर रहेगी।

इसके बाद प्रवीर उठा—आइ ऐम लेट।[10] तो चलूं मैं?

---

1. अपवाद, 2. ये राजनीतिक मतवाद, 3. प्रभावित, 4. मुझे राजनीति से घृणा है, 5. भावुकता, 6. आदर्श जीवन, 7. गहरी नींद, 8. रोमांच, 6. मैं इसे बहुत पसंद करता हूं, 10. मुझे देर हो गई।

—फुर्सत मिले तो फिर आना। रथीन को तुम जानते थे...

—भैया कहा करता था उन्हें। सीनियर थे न!

—फिर तो तुम भी अपने लड़के से ही हो। फिर तुमने आज आरती को...

—यह तो निहायत मामूली सी बात है। युनिवर्सिटी के लड़के रहे होते तो ऐसा हर्गिज़ न होता। वे राजनीति में डूबे मीटिंग कर रहे थे, उनकी गैरहाज़िरी का फायदा उठाकर...

—ओह, दीज़ पोलिटिक्स[1]!—उन्होंने लंबी उसांस भरी—मेरी एहसानमंदी की फिर भी वजह है। बच्चा पानी में गिर पड़े तो कोई भी सयाना आदमी बचा सकता है, यह ठीक है। लेकिन जो बचाता है, माता-पिता उसीके कृतज्ञ होते हैं।

अमृत बाबू हंसे। बोले—आरती, प्रवीर को बाहर तक पहुंचा आयो।

दरवाज़े के पास आरती ने अनुरोध किया—फिर आइएगा लेकिन।

—समय मिला, तो आऊंगा। परन्तु...

—इसमें परन्तु-किन्तु कुछ नहीं।

—परन्तु आने की बात पर नहीं, आपकी बात पर। अब से आप युनिवर्सिटी में ज़रा सावधान रहेंगी।

—आप युनिवर्सिटी में पढ़ते होते तो बड़ा अच्छा था!—हंसकर बोली थी आरती।

वह भी हंसा था और नमस्ते करके चला गया था। फौजी पोशाक पहने प्रवीर गली की मोड़ पर ओझल हो गया।

आरती कमरे में लौटी तो पिता ने कहा—आदर्श लड़का है। ऐसे ही लड़कों की आज रूरत है।

फिर ज़रा देर बाद रुक-रुककर बोले थे—कल से तुम युनिवर्सिटी

---

1. अजीब है यह राजनीति!

मत जाना। मेरा इरादा है, तुम बी० टी० क्लास में भर्ती हो जाओ। बाद में प्राइवेट से एम० ए० दे देना। मैं आज दिवालिया हूं। इस घर को छोड़कर जो कुछ भी था, सब खत्म हो गया। तुम्हें नौकरी से ही जीविका कमानी पड़ेगी। क्योंकि हो सकता है, रथीन का खर्च चुकाने में यह घर भी...। ऐसा ही कोई लड़का मिल जाता। मगर मैं तुम्हारी शादी ही न करा पाऊंगा। तुम्हारे ब्याह में दूंगा क्या? न, खाली हाथों तो मुझसे न बनेगा! गज़ब का लड़का है लेकिन...ब्रिलियंट[1]! रथीन से भी ब्रिलियंट!

यह वही प्रवीर चटर्जी है! ऐसा भी हो सकता है?...

अपने मामा के यहां बिस्तर पर पट पड़ी अवाक् अचंभे से सोच रही थी आरती। जब आरती को हक्का-बक्का करके ज़रूरत से ज़्यादा तेज़ी से गाड़ी चलाकर रतन चला गया, जब उसका ममेरा भाई लट्टू चिल्ला रहा था, उसके मामा तभी ऊपर के बरामदे पर निकल आए थे। पूछा था—क्या हुआ? इतना चिल्ला क्यों रहे हो लट्टू! अचानक आरती को देखकर वे बोल उठे थे—अरे, आरती? तू ज़िंदा है? कुशल से है? बहू, ओ बहू!

बड़ी बहू, यानी बड़े ममेरे भाई की पत्नी ने निकलकर कहा—जी, पिताजी!

—आरती!

सुधा भाभी दौड़कर नीचे आयी थी। इस भाभी से आरती का एक और रिश्ता था। वह उसके पिता के दोस्त की लड़की थी। उसके बड़े ममेरे भाई से उसका रिश्ता उसके पिता ने ही किया था। वह तेजस्विनी भी थी। पति के अनाचार की परवा न करके सारे दुःख छाती में दबाये उसने इस घर की मर्यादा अटूट रक्खी है। अपने ससुर की तो वह मां से भी बढ़कर है। दुनिया के सारे कर्तव्य, सारा न्याय, एक इसी औरत को केंद्र करके

1. प्रतिभाशाली।

आज भी ज़िंदा है।

वही आरती को साग्रह खींच ले गयी—चल, चल। उसको दंग सी देख बार-बार पूछा—आरती, बात क्या है? तेरी सूरत का यह हाल क्यों? ये कै दिन सोच में किस बुरी तरह बीते। जितना मैं सोचती रही, उतना हो पिताजी। मैं रोई। कल थाने में खोज-पूछ करायी। खबर मिली, घर तो लूट लिया गया है। अभी उस मकान में कोई नहीं है। मैंने सोचा, तू ज़िंदा नहीं है। अफवाहों की तो पूछो मत। कोई कहता : गाड़ियों में लाद-लादकर लाशें गंगा में बहाई हैं। कोई कहता : गाड़ियों में भर-भरकर औरतों को जाने कहां ले गए।

आरती अब बोली—बात इतनी तो नहीं, पर बहुत हद तक सही है। उसकी तो पूछो मत भाभी। वे तीन रातें और दो दिन कैसे जो गुज़रे! मर जाना भी आश्चर्य न था। बच जाना ही ताज्जुब है। वह मैं अभी बता नहीं सकूंगी, मत पूछो। जो हमें यहां पहुंचा गए, कल उन्हीं लोगों ने निकाला मुझे। मैं ज़रा सोऊंगी भाभी।

कमरे को खोलकर भाभी ने कहा—सो जा। लेकिन कुछ खाएगी नहीं?

—नहीं।

—ठीक है। नींद खुल जाय, तो बुला लेना, भला?

—लेकिन...

—कहो।

—सांझ तो हो आई। बदन-हाथ नहीं धोया। धो ले। राहत मिलेगी। नहायेगी? शकल की जो गत हुई है!

—ठीक ही कह रही हो भाभी।

—मेरे बाथरूम में चल। डोल में गंगाजल है। दो लोटा माथे पर ढाल लेना।

इसका अर्थ आरती भांप गयी थी। तुरत उसका मन बागी हो उठा था। बोली—नहीं भाभी, उसकी ज़रूरत नहीं। मैंने समझा, जो कह रही

हो तुम।

भाभी ने कहा—जान में जान आयी। तो साबुन से भली तरह नहा ले। कपड़ा क्या चाहिए, ले ले। बाथरूम के बगल वाले कमरे में ही अलमारी में है।

बाथरूम में घुसकर उसे प्रवीर की कही एक बात याद आ गयी : कलकत्ते के इतने परनालों का पानी गिरने पर भी जब सुनता हूं कि गंगा का पानी अपवित्र नहीं होता और उसी गंगा में बुड़की लगाकर पवित्र होने की धूम देखता हूं, जभी समझता हूं कि गंगा में हिलसा मछलियों की ऐसी भरमार कैसे है। मरकर ये सब गंगा में हिलसा मछली होते हैं।

इसके बाद ही वह बोला था : इसीलिए इनके रहनुमा रामभक्त गांधी हैं। आई० सी० एस० सुभाषचन्द्र काली की पूजा करते हैं।

बाथरूम से ही उसने सोचना शुरू किया था। नहाकर लौटी और सोचते-सोचते यही सोचने लगी। एक की सोचते ही दूसरे की याद पड़ गयी।

लेकिन यह क्या सच हो सकता है?

5

बारह दिनों के बाद। पहली सितम्बर का दिन। आमने-सामने खड़े होकर रतन से आरती की बातें हुईं। इन बारह दिनों तक आरती अपने मन से ही लड़ती रही है, मगर अपने-आपको किसी भी तरह ज़ब्त नहीं कर सकी।

इसके पहले, पहली वारदात जब हुई थी उसीके दूसरे दिन, कर्फ्यू! की वजह से उसके दोनों भाई सांझ से पहले ही घूमने को निकल गए,

तो आरती भी सुधा भाभी के मैके चली गयी थी। उनके घर के पास ही टेलिफोन है। भाभी के पिताजी आरती के पिता के मित्र थे। खुद तो वे हैं नहीं, उनके लड़के हैं। वे भी आरती से स्नेह रखते हैं। उम्र में वे आरती से बहुत बड़े हैं, उनके बच्चे कालेजों में पढ़ते हैं और लड़ाई के दिनों वे भी आरती की तरह जर्मन और जापानियों के घोर विरोधी थे। एक का तो उस राजनीतिक दल से गहरा ताल्लुक है, जो दल जापान-जर्मन विरोधी राजनीतिक संघ के पीछे छिपे तौर से रहा। इसलिए इस परिवार से उस परिवार का संबंध विरोध का है। यही वजह थी कि ममेरे भाइयों की मौजूदगी में वह वहां नहीं जा सकी। सुबह से अब तक घर ही बैठी रही। एक इसी अजीब सवाल ने उसे अचंभे में डाल रखा था कि यही क्या सत्य हो सकता है? कई बार ममेरे भाइयों ने उसकी चिंता को रुकावट डाली। उनकी राजनीति की दिशा बदल गई थी। इस दंगे के बाद से वे हिन्दू-समाज के होकर लड़ने को तैयार हो गए थे। मुहल्ले के उत्साही नौजवानों की टोलियां आती रहीं, शाम-शाम तक चर्चा और विचार चलता रहा। बीच-बीच में बम, बारूद और पिस्तौल की आवाज़ उसके कानों में आती रही। इसी सिलसिले में उसके भाई उसके पास आए उसके अनुभवों की पूछताछ के लिए। सुनकर वे उसे अखबारों में छपायेंगे, साइक्लोस्टाइल करके जगह-जगह भेजेंगे। लेकिन सुधा भाभी ने उन लोगों को लौटा दिया। बड़े ममेरे भाई के हाथ में एक कागज़ था ; आरती की सही के लिए ले आए थे। सुधा भाभी ने उसे पढ़ा और उसे टुकड़े-टुकड़े करके फेंकती हुई बोली—राम, राम! किसने लिखा यह? तुमने? यह लिखावट तुम्हारी है!

—हां, क्यों? तुम्हारी ज़बानी कल रात सुनी और...

—मैंने क्या कहा तुमसे? आरती की ऐसी दुर्गत हुई है यह कहा, या उसका उलटा कहा!

—यह मैंने अंदाज़ लगाया। आखिर अपने मुंह से तो आरती यह बता नहीं सकती।

—जो आदमी दो बजे रात को घर लौटता है, उसका अंदाज़ यही हो सकता है। लूट-पाट का मौका कहीं तुम्हें मिलता, ऐसी अगर हिम्मत होती, तो तुम लोग क्या करते, इसका अंदाज़ भगवान् भी नहीं लगा सकते। जाओ, इसे तंग मत करो। कमरे में बैठे-बैठे बाघ-गैंड़े का शिकार कर रहे हो, वही करो। ज्यादती की तो मैं पिताजी से कह दूंगी।

वह लौट पड़ा था अवश्य बीवी से बकझक करके। लेकिन सुधा भाभी से वह पार नहीं पाता, कम से कम जब तक पिताजी यानी आरती के मामा जिंदा हैं, तब तक पा भी नहीं सकता।

आरती कमरे में बैठी थी–एक पर एक, हज़ारों प्रश्नों की भीड़ लगाए।

तीन साल हो गए, प्रवीर उसके जीवन से ओझल हो गया। जैसे अचानक आया था, वैसे ही अचानक। उसके पहले एक साल तक प्रवीर उसके बहुत करीब आ गया था ; बहुत ही करीब। शायद, शायद क्यों, निश्चित रूप से वह अनुभव करती कि उसके अन्तरतम के प्रकोष्ठ-द्वार पर हाथ रक्खे प्रवीर खड़ा है। वह भी दरवाज़ा खोलने जा रही थी कि प्रवीर चला गया।

किस प्रकार कदम-कदम वह करीब आया, आरती को प्रत्येक पदचाप याद है। अंतर की मौन कामना अगर किसीके लिए अनुभव से जानना संभव हो, तो और बात है, लेकिन उसने कभी पुकारा नहीं। नहीं, नहीं, एक दिन उसने पुकारा था—सिर्फ एक दिन। बाकी दिन प्रवीर खुद ही आया था। पहली मुलाकात के दूसरे ही दिन प्रवीर आप ही पहुंचा था। यू ०टी०सी० वाली उस पोशाक में नहीं, बहुत ही सुन्दर हल्का ग्रे रंग का सूट पहनकर पहुंचा था। उस पहनावे में उसकी शकल ही दूसरी दीख रही थी। पहले तो पहचान ही न सकी वह। छरहरा लंबा, निखरा रंग, बिखरे-

बिखरे ढंग से शैंपू से संवरे बाल ; टाई नीली। टाई के पास ही था गाढ़े लाल रंग का एक गुलाब। कालिंग बेल बजी और बरामदे में निकलकर ऊपर से उसने पूछा—आप किसे चाहते हैं? सवाल अंग्रेज़ी में किया था। देशी ईसाई और एंग्लोइंडियनों के उस मुहल्ले में वह ऐंग्लोइंडियन सा लगा।

उसकी दोनों भूरी आंखें हंस उठी थीं। लेकिन उसने रसिकता न की। बा-अदब कहा—आप ही को।—उसने अपनी भाषा में कहा।

बस, क्षणभर। क्षण ही भर में वह पहचान गयी—आप हैं! हाय राम!—और वह दौड़ी-दौड़ी नीचे पहुंची। दरवाज़ा खोलकर बार-बार माफी मांगी। बोली—आइए, आइए।

—काम से इधर आया था। सोचा, मिलता चलू। पिताजी कब तक लौटेंगे?

—उन्हें देर होगी। कारोबार तो सब ठप हो गया। अब वे भैया के लिए बेचैन हो पड़े हैं। कहते हैं, अपने बड़े बुरे दिन हैं। ऐसे में उसे विलायत रहने की ज़रूरत नहीं। उसे मैं अपने पास चाहता हूं। वह लौट आए। वे रुपयों की फिक्र में निकले हैं ; भैया को भेजेंगे।

—पिताजी बहुत पस्त हो गए हैं। पस्त होने की बात भी है।—एक लंबा निश्वास छोड़कर उसने कहा; वह निश्वास अकृत्रिम था। उसने हृदय से अनुभव किया था। वेदना की बाबत सहानुभूति की एक परख है कि उसके छूते ही आंखों से बरबस आंसू बह आते हैं। उसकी आंखें तुरत गीली हो आयी थीं।

प्रवीर का इसके बाद का आना भी स्मरणीय बना है। उस रोज़ उन लोगों के जीवन में एक अपार अंधेरा उतरा था। सारी जोत बुझ चुकी थी। सांस को भी कोई छीन ले रहा था मानो। सात-आठ दिन के बाद। 26 फरवरी का दिन। सन् बयालीस। तार आया, उसका भाई रथीन लंदन के हवाई हमले में मारा गया।

पढ़ते ही तार उसके पिता के हाथ से छूटकर गिर पड़ा। फिर आंखों से खड़े-खड़े सामने की ओर देखते हुए एक अजीब-सी चीख के साथ घबराकर गिर पड़े।

घर में टेलिफोन नहीं रह गया था। लड़ाई के कारण सरकार उठा ले गयी थी। मलाया की उपत्यका से जापानी उत्तर की ओर बड़ी तेज़ी से बढ़ते चले आ रहे थे। खबर छपी थी, अंग्रेज़ों के युद्ध-विभाग का कहना था—"हमारे सिपाही इस बुरी तरह थक गए हैं कि खाते-खाते ऊंघकर लुढ़क पड़ते हैं।" रंगून तथा बर्मा के और-और स्थानों से यहां के प्रवासी बीहड़ बन-जंगलों की राह चींटियों की कतार से भारत की ओर चले आ रहे थे। कलकत्ते तक आतंक आया और वह आतंक सर्दी के प्रवाह जैसा रात के पहरों के साथ तेज़-तीखा और गहरा होकर फैल गया।

ऐसी विपत्ति में अपने बेहोश पिता को लेकर घर में अकेली। बैरे को उसने डाक्टर के पास भेजा था। डाक्टर आकर बता गए—सेरिब्रल थ्रांबसिस[1] है। अचानक किसी ज़बर्दस्त चोट से दिमाग की कोई नस फट गयी है। लगता है, बायीं तरफ की नस। अगर ये इस आफत से बच भी निकलें तो इनके पंगु हो जाने का डर है। किसी बड़े डाक्टर को दिखाना चाहिए। सेवा करने के लिए कोई नर्स रख लीजिए। अपने-सगे कोई हों आपके, तो उन्हें खबर दीजिए।

नर्स की व्यवस्था तो डाक्टर ने ही कर दी। थोड़ी ही देर बाद नर्स आ गयी। नर्स के आते ही वह दौड़कर हेयर स्ट्रीट के थाने में गयी—मामा के यहां टेलिफोन करने के लिए। लेकिन एक्सचेंज से पता चला, उनका टेलिफोन भी ले लिया गया है। फिर वह अपने डाक्टर, पार्क सर्कस के बी० सेन को फोन करके लौट आयी।

1. रोग-विशेष

कभी डा० सेन डा० राय के सहायक थे। उसके पिता के ही हमउम्र, उनके मित्र भी। अब वे बहुत बड़े डाक्टर हो गए थे। फिर भी उसके परिवार के पहले जैसे ही चिकित्सक हैं। उन्हें खबर देकर आरती ने उनसे मामा को भी खबर दे देने के लिए कहा।

लौटकर आयी, तो देखा, प्रवीर खड़ा है। पहनावे में धोती और टेनिस कमीज़।

—प्रवीर बाबू!—और वह रो पड़ी।

प्रवीर ने कहा—मैंने ऐसा ही अनुमान किया था। हमारे प्रोफेसर बोस के लड़के सौरीन्द्र उसी मकान में रहते थे। उन्हें भी तार मिला है। वे भी रथीन बाबू के ही साथ पढ़ते थे।

आरती जवाब क्या दे? रोती रही।

प्रवीर बोला—रोना तो रह ही गया मिस सेन, जिंदगी भर के लिए रह गया। जो कयामत गुज़री, गुज़र चुकी। अभी तो आंसुओं की बाढ़ को रोकना है, क्योंकि उसीके चलते दूसरी आफत होने जा रही है। मुझे यही आशंका हुई और मैं दौड़ा आया कि आप दोनों का बुरा हाल होगा। लेकिन देख रहा हूं, मुसीबत उससे भी बड़ी है! चलिए, अंदर चलिए।

रात के आठ बजे पहुंचे डाक्टर सेन।

उसके भी घंटे भर बाद पहुंचा उसका छोटा ममेरा भाई-वही लट्टू। बड़े ममेरे भाई सांझ को ही अपनी जगह निकल गये थे। दो बजे से पहले लौटने का नहीं। और लौटकर कुछ घंटे सोचे बिना कहीं निकलने लायक हालत ही नहीं रहती उसकी।

प्रवीर कमरे के बाहर चुपचाप बैठा था।

डा० सेन ने उसके बारे में पूछा—यह नौजवान कौन है आरती? आरती ने कहा—भैया के दोस्त हैं। इंजीनियरिंग कालेज में पढ़ते हैं। फिलहाल अपने परिवार के हितू हो गए हैं। भैया की ऐसी खबर सुनकर दौड़े आए और मुझे इसी मुसीबत में अकेली देखकर लौट न सके।

डा० सेन ने खुश होकर प्रवीर को धन्यवाद दिया और चले गए। आरती के पिता की ही तरह ईश्वर पर विश्वास डा० सेन को भी न था, फिर भी, शायद प्रवीर को धन्यवाद देने को और कुछ न सोच सकने के कारण ही बोले—गॉड विल ब्लेस यू, माइ यंग परेड[1]। मुझे इनकी फिक्र हो रही थी; खासकर आरती की। मुझे ही रहना चाहिए था, मगर तुमने मुझे निश्चिन्त कर दिया। जब ज़रूरत पड़े, थाने पर जाकर मुझे फोन कर देना। मैं अभी थाने जाकर डी० सी० से यह प्रार्थना किए जाऊंगा ताकि जाते ही तुम वहां से फोन कर सको। वे थाने वालों से कह देंगे।

लट्टु , उसका छोटा ममेरा भाई आया, तो उसने भी प्रवीर के बारे में ठीक यही प्रश्न पूछा—ये कौन हैं आरती?

भारती ने वही जवाब दिया।

लट्टु बोला—मगर परिवार के इस हितू को रथीन भैया के यहां रहते हुए तो कभी नहीं देखा। नाम भी न सुना। यह कब आ जुटा? .

बातें प्रवीर के सामने नहीं, बगल के कमरे में हो रही थीं। लेकिन लट्टु इतने ज़ोर से बोल रहा था कि बगल के कमरे, बगल के कमरे क्या, घर के सभी कमरों में सब लोग सुन सकें।

आरती ने बिगड़कर दबी आवाज़ में कहा—चुप रहो, वे सुन पायेंगे।

—सुनें तो सुनें। मैं किसीकी परवा नहीं करता।

—परवा नहीं करते न सही, मगर अनधिकार चर्चा का तुम्हें अधिकार नहीं।

—साहसी! यानी काफी दूर तक बढ़ चुकी हो!—इतना कहकर 'सुनते हैं साहब!' बोलता हुया लट्टु, प्रवीर के पास पहुंचा। आरती पीछे लगी आई, लेकिन वह कुछ बोले, इसके पहले ही लट्टु ने प्रवीर से कहा—जी, मैं आपसे कह रहा हूं।

---

1. प्रिय मित्र, परमात्मा तुमपर दया रखे

प्रवीर ने नज़र उठायी और नज़र जमाकर कहा—कहिए।

—आपकी सहायता के लिए बहुत-बहुत शुक्रिया। खैर रात हो रही है। चलिए, ब्लैक आउट की रात है।

—शुक्रिया अदा करने की कोई ज़रूरत नहीं। मिस सेन कहां हैं? जब तक वे नहीं कहतीं, मैं जा तो नहीं सकता।

—मैं उसका ममेरा भाई हूं।

—सुना मैंने। नमस्ते। लेकिन उनके कहे बिना मैं नहीं जा सकता।

—मैं कहता हूं, आप जायं।

—माफ करें, मिस सेन के कहे बिना मैं नहीं जा सकता। क्योंकि मैंने सुन लिया है, आपने ड्राइवर से यह कहकर घर के अंदर कदम रक्खा है कि आध घंटे के अंदर ही हार्न बजाकर आपको बुला ले। इसी बीच ड्राइवर दो बार भोंपू बजा चुका। आप तो रहेंगे नहीं, लिहाज़ा इन्हें इस मुसीबत में अकेली छोड़कर मैं नहीं जा सकता। लीजिए, आपका ड्राइवर फिर हार्न बजा रहा है। जाइए, आपको देर हो रही है।

—जी नहीं, आपको जाना है! आप चले जायंगे, तब मैं जाऊंगा। एक अजाने यवक के साथ एक घर में...

आरती से भी अब न रहा गया। क्षोभ और क्रोध से वह अधीर होकर बाहर निकल आयी। कहा-लट्टु भैया, तुम घर जाओ। मैंने न तो तुम्हें आने को कहा, न ही तुम रहने को आये हो। मैंने मामा को बुलाया था। वे न आ सके, तुम आये। आकर तुमने खोज-खबर ली, इसके लिए विशेष धन्यवाद। हाथ जोड़कर कहती हूं, आत्मीयता का सहारा लेकर घर का अपकार न कर जाओ।

इसपर लट्टु चला गया।

आरती ने क्षमा मांगी—आप कुछ खयाल न करें, मैं माफी चाहती हूं।

हंसकर प्रवीर ने कहा—छिः छिः, कह क्या रही हैं आप! यदि सचमुच ही मुझे अपना समझती हैं, तो माफी कैसी! नहीं, नहीं। जाइए, आप पिताजी को देखिए।

बड़े ही सहज भाव से प्रवीर ने हंसकर ये बातें कहीं।

तमाम रात प्रवीर उसी तरह कुर्सी पर बैठा रहा। सोने का आग्रह करने के बावजूद न सोया। बोला—सोता तो रोज़ ही हूं। फिर मन की इस बेचैनी में नींद भी तो नहीं आने की। आप जाइए।

रात जब बीत चली, तो आरती ने निकलकर देखा, कुर्सी के पीछे सिर टिकाये प्रवीर ने आंखें बंद की हैं। इसके पहले जितनी बार भी वह निकली, प्रवीर को जगा पाया।

प्रवीर का पहला कदम पड़ा युनिवर्सिटी की घटना वाले दिन। दूसरा उसीके दूसरे दिन। तीसरा कदम पिताजी की बीमारी में। उसी रोज़ वह उन लोगों का नितांत अपना बन गया। उसके बाद धीरे-धीरे उसके आते-जाते ऐसा लगा कि उसके अंतरतम के दरवाज़े पर किसने तो हाथ रक्खा। हाथ रखकर खड़ा-खड़ा सोच रहा है : आवाज़ दूं या नहीं। वह भी इंतज़ार करती रही : पुकारूं! एक कमरे के बंद दरवाज़े की सांकल पकड़े अंदर वह और बाहर प्रवीर–एक-दूसरे की सांस-उसांस सून रहे थे। लेकिन अजीब तरह से किसी चीज़ की छाया पड़ी थी उनपर। आपस के इस मिलने-जुलने के मौके बहुत आए, लेकिन किसी भी दिन, आवेग के किसी भी क्षण वे उच्छ्वसित नहीं हुए! इसका एक कारण तो उसे मालूम है ; वह है, उसकी बदनसीबी की व्यथा का प्रभाव। रोगशय्या पर पड़े, पुत्र के शोक से आतुर उसके बदनसीब पिता ने संसार के सब कुछ को मानो विषादमय कर रक्खा था और दूसरी तरफ थी प्रवीर की बेहद भलमनसी। और भी कुछ था। प्रवीर ने इम्तहान दिया था। नतीजे का उसे शुबहा न था। वह युद्ध-विभाग में नौकरी की कोशिश कर रहा था। और उस आसमान-समंदर-धरती तक फैली लड़ाई को मद्देनज़र रखते हुए किसी आवेग को वह महत्त्व

नहीं देता था। इतने पर भी कई दुर्लभ दिनों की स्मृति उसके मन में है। सावन बदी एकादशी, द्वादशी, त्रयोदशी की रात के चंद्रोदय जैसी कुछ दिनों की स्मृति।

उसके पिता से बात करते समय भी प्रवीर अपलक आंखों उसे ताकता रहता। कभी-कभी आरती काम करती होती, तो वैसी ही निगाह से उसे देखता हुआ चुपचाप बैठा रहता। अवाक् देखता। आरती से आंखें लड़ भी जाती तो शर्मिन्दा नहीं होता। कभी-कभी हंस भर देता। वैसी ही खिली-खुली हंसी जैसी कि आपस में मिलने पर हंसा करते हैं लोग। सूर्योदय के उस क्षण जैसी हंसी, जिस क्षण में प्रकाश का आभास तो होता है, रक्तराग नहीं रहता।

कदाचित् एक दिन वह भीतर-भीतर आरक्तिम हो उठी थी। उसने हंसकर पूछा था—इस तरह देखा क्या करते हैं आप, कहिए तो।

उनका 'पाप' अभी तक 'तुम' नहीं हो पाया था।

प्रवीर ने कहा था—आप ही को देखता हूं।

—मुझको? मुझमें ऐसा क्या रक्खा है?

—आपमें कुछ है, जो देखने में अच्छा लगता है। आपका रूप॥

—मेरा रूप? मैं तो कलूटी हूं! और बनावट में भी ऐसा कुछ नहीं जो रूप की संज्ञा से मिलता हो।

हलका हंसकर उसने कहा था—एक सुनी-सुनाई घटना बताऊं आपको। ज़रा वैसी है। अपने एक आत्मीय। बर्दवान ज़िले के एक सम्पन्न परिवार के। ज़्यादा पढ़े-लिखे तो न थे, लेकिन खानदानी गौरव के प्रभाव से वंश की दीक्षा में अच्छे ही थे। अचानक एक निम्न जाति की काली लड़की पर फिदा हो गये। घर छोड़ने को तैयार। आखिर में छोड़ भी दिया घर। उनसे पूछा गया: आखिर आप ऐसे पागल कैसे हो गये। उसमें ऐसा देखा क्या आपने? उन्होंने जवाब में कहा था: मैं अगर अपनी आंखें तुम्हें दे सकता तो तुम समझ सकते; देख सकते कि मैंने क्या देखा है। खास-खास आदमी को खास-खास रंग अच्छा लगता है। लेकिन आप

ही बतायें, रूप के विचार से मौलिक रंगों में से कौन सा रंग किस रंग से उदास है , मलिन है? रूप में दरअसल एक अपरूप का निवास है। जो आदमी जिसमें उस अपरूप की झांकी पा लेता है, उसे उसीका रूप अच्छा लगता है। आपमें एक सुषमा है। वह सुषमा रंग और बनावट, दोनों से परे कुछ है।

आरती के हृदय का स्पंदन आवेग के स्पर्श से नृत्यशील हो उठा मानो। उसने हंसकर कहा—आपकी आंखें उधार मिल गई होतीं, तो बड़ा अच्छा होता। आईने में अपनी सूरत देखकर, मन में रूपवती न होने का जो क्षोभ है, उसे धो डालती।

—दे सकना संभव होता, तो ज़रूर देता। और मेरी आंखें आपको मिल जातीं, तो आप और भी अनेक सुंदर को देख पातीं। छुटपन से ही मुझे रूप का एक नशा-सा है। चांद को मैं एकटक देखा करता था। फूलों का बगीचा मुझे सबसे प्यारा था। खूबसूरत औरत हो या मर्द, जो भी अपने घर आते, उन्हींका साथ छोड़ना न चाहता था। देख लीजिए न, फूल लगाये बिना मैं रह नहीं सकता!—फिर ज़रा रुका और हंसकर बोला—लेकिन मेरी आंखें मिली होती, तो युनिवर्सिटी में उस दिन आपने जिस लड़के की किताब-कापी छीन ली थी, उसके लिए आपको हमदर्दी होती। यानी उसने आपके नाम के जिस अक्षर को काट दिया था, उसे काटने की खुद आपकी ही ख्वाहिश होती।

ऐन वक्त पर पिताजी ने आवाज़ दी, वरना वह पूछती : क्या इसके मानी यह नहीं कि मुझे उसी नाम से पुकारने की इच्छा होती है आपको?

पिताजी की तबियत उस दिन फिर ज़रा खराब हो गई थी। देर तक वह उनकी सेवा करता रहा था। कई बार आमन-सामने बैठे दोनों एक ही उद्वेग-अपलक आंखों एक-दुसरे को देखते रहे थे। नर्स का इंतज़ाम करके सांझ के बाद वह लौटा था। उसी दिन आरती ने साफ तौर से यह अनुभव किया कि प्रवीर उसका नितांत अपना है।

उसके जाते वक्त कोई बात ढूंढ़े न मिली, तो निरे पुराने ढंग की बात

ही बोल पड़ी—पिछले जन्म में आप निश्चय ही हमारे कोई थे!

प्रवीर ने कहा—पूर्वजन्म को मानती हो, तो यह कहना होगा कि आप और आपके पिताजी, बाप-बेटी थे और मैं शायद एक का आत्मीय था। इस जन्म में आप दोनों ही मेरे परम आत्मीय हैं। असली बात ममता है, मिस सेन। यह चीज़ कैसे पैदा हो जाती है, कहां पैदा होती है, यह कहना बड़ा मुश्किल है। इसी ममता के ही बल पर दीन-दुनिया, भाई-बहन, स्त्री-पुत्र—सब कुछ टिका है। उसीसे आदमी भद्दे को सुंदर और निकम्मे को गुणवान देखता है। बेटा काला कुरूप ही क्यों न हो, मां के लिए वही सोना लगता है, खरा। आप लोगों से मैं उसी चीज़ से बंध गया हूं।

प्रवीर ज़रा हंसा था। आरती चुप रही। बातें कितनी अच्छी।

प्रवीर की बातों में उसके हृदय का निश्छल प्रकाश था। उनपर अभिभूत हो पड़ने की बात ही थी, हो भी गई थी अभिभूत वह। लेकिन किसी चीज़ के लिए मन की गहराई में उसने एक पीड़ा सी महसूस की थी। कुछ मान सा।

—तो आज मैं चलूं। सुबह ही हाल लूंगा।

प्रवीर चला गया। आरती उसके बाद जब तक जागती रही, उदास बैठी रही। जीवन की सारी निराशा भरी भावनाओं ने एकसाथ ही उसे जकड़ लिया था।

रोगी और लाचार पिता की चिन्ता। होगा क्या? संसार में वास्तव में अपना कहने को कोई नहीं और इधर सारी ज़िंदगी पड़ी है। दिन-दिन संबल चुक रहा है। विलायत से रथीन के लौटने के लिए पिताजी ने जो रुपये बड़े कष्टों से, बड़ी ग्लानि उठाकर, आरती और उसकी मां के गहने बेचकर जुटाये थे, रथीन की आकस्मिक मृत्यु से वे भेजने न पड़े। उन्हीं रुपयों से चल रहा है। लेकिन इसके बाद?

ब्लैक आउट की रात। आसपास के फिरंगी-मुहल्ले के रास्ते टामियों की चहलकदमी से कुछ-कुछ गुलज़ार रहते। सावधानी से दरवाज़ा बंद

रखना पड़ता। कभी-कभी किसी सिपाही के टूटे गले की गीत की कड़ी, याकि कुछ तीखे शब्द या कि हंसी बीच-बीच में सुनाई पड़ रही थी। उस दिन आरती को खाने में रुचि न हुई। नींद भी ठीक से न आई। सुबह पिताजी अच्छे थे। प्रवीर आठ बजे से पहले ही पहुंच गया। उन्हें अच्छा देखकर कुछ निश्चित-सा हो प्रवीर ने कहा—खैर, चिंता लिये न जाना पड़ेगा। मैं आज ही दिल्ली जा रहा हूं। हिम्मत रक्खेंगी। आप बीसवीं सदी की लड़की हैं।

उसी दिन अखबार में यह खबर छपी थी कि गांधी जी, पंडित नेहरू आदि नेताओं को गिरफ्तार कर लिया गया।

उस समाचार की तरफ नज़र गड़ाकर प्रवीर ने कहा था—सावधान भी रहें। आंधी आने ही वाली है।

प्रवीर लौटा कोई दो महीने बाद। दिल्ली से उसे और भी कई जगह जाना पड़ा था। इस बीच उसने एक खत भी लिखा था। लिखा था—जिस काम की ज़िंदगी में कामना की थी, उसीके लिए दौड़-धूप करनी पड़ रही है। खोज-पड़ताल, इम्तहान, इंटरव्यू।

लौटने पर उसने कहा था—मैं बता नहीं सकता, आप लोगों के लिए कितनी चिंता होती थी। मगर आपपर भरोसा था। आप शक्तिमती हैं।

हंसकर आरती ने पूछा—नौकरी का क्या हुआ?

—होगी। अभी तो लाखों-लाख बलि की ज़रूरत है। चुनने-चुनाने की बला इस समय नहीं है। किसी भी क्षण बुलावा आ सकता है।

उसके बाद अगस्त-आंदोलन की बातें हुईं। जिस समय बंबई में गोलियां चलीं, वह वहीं था। अपनी आंखों देखा। सारे बिहार की हालत उसने देखी। संगीन की नोक से डराकर वहां के विशिष्ट लोगों से सड़क बनवाने, टूटे कलवर्ट मरम्मत कराने के किस्से उसने सुने।

उसके पास कुछ तसवीरें थीं। वे तसवीरें भी दिखायीं। कलकत्ता और मेदिनीपुर की कहानियां आरती ने सुनायीं। आधा मेदिनीपुर तब भी अंग्रेज़ों

के कब्ज़े से बाहर। वहीं दुर्गा-पूजा हो रही थी। बाजे बज रहे थे। छठी पूजा की सांझ। आसमान में बादल मंडरा रहे थे—रात को जंगल में मस्ते हाथियों के गिरोह जैसे घूमते हैं। आरती ने पिता के एक फ़ारेस्टर[1] मित्र की मदद से आसाम में रात के समय जंगल देखा था। साथियों की मस्ती भरी उमंग उसने वहीं देखी थी। ठीक वैसे ही। मेघ के दूर तक खिंचे एक स्तर पर छोटे-बड़े मेघों के टुकड़े मंडरा रहे थे। साथ-साथ हवा के झोंके।

इसपर प्रवीर ही सहसा सजग होकर बोल उठा था—अरे, साईक्लोन[2] आ रहा है क्या?—वह जल्दी-जल्दी चल दिया, कह गया—कल आऊंगा।

—इस दुर्योग में आप जायेंगे कैसे?

—चला जाऊंगा। करीब ही तो है। अब शिवपुर में तो हूं नहीं, एक होटल में रह रहा हूं। यहीं, चौरंगी के मोड़ पर।

सप्तमी के तीसरे पहर तक साइक्लोन खुलकर खेलने लगा। हाथियों का समूह मानो रातों रात पागल हो उठा। मानो अपनी पागल हरकतों से वे धरती का नामोनिशान मिटा देंगे।

पिताजी भयभीत होकर लड़खड़ाती आवाज़ में बार-बार उसे पुकार रहे थे। पूछा—यह क्या है? क्या?

—आंधी-पानी।

—इतना? इतनी तेज़ आवाज़?

—साइक्लोन है शायद।

—साइक्लोन!—छत की तरफ थिर आंखों से ताककर बोले—पुराना मकान है। गिर तो नहीं पड़ेगा?

बीमारी से दिनोंदिन वे अबोध-से होते जा रहे थे। बोलने में उस साहसी और बुद्धि के ओज से दमकते अमृतसेन के चेहरे पर भय झलक

---

1. वनाधिकारी 2. वातचक्र

पड़ा। जैसे किसी बच्चे को समझाया जाता है, उसी तरह आरती ने कहा था—नहीं नहीं, छत तो नई है। इसे तोड़कर बनवाया गया है।

—तोड़कर बनवाया गया है?

—हां। देखते नहीं, ढलाई की गई है। बीम कहाँ हैं?

—ठीक है। लेकिन।...उफ्, कैसा भयंकर तूफान!

ज़रा देर ठहरकर पूछा—और वह? वह नहीं आया?—प्रवीर का नाम याद नहीं आया। कभी-कभी आरती का भी नाम भूल जाते थे।

आरती ने याद दिला दी—प्रवीर बाबू? कैसे आयें। तमाम रास्ते पर तो पानी भरा है। फिर यह आंधी और पानी!

अनुमान से उन्होंने गर्दन हिलायी—हाँ, हाँ।

लेकिन प्रवीर उसी आफत में आया था। भोजन का कुछ सामान साथ लाया था। कुछ अंडे, एक डबल रोटी, मक्खन का एक डब्बा और थोड़ी सी मूंग की दाल। हंसकर कहा—जैसी हालत है ऐसे में कुछ मंगवा भी पाई हैं या नहीं, नहीं जानता। कल भी बाज़ार कर सकना संभव होगा या नहीं, मालूम नहीं। इसीलिए यह सब ले आया। इतना बड़ा हॉग साहब का बाज़ार वीरान पड़ा है। इन सामानों के सिवा और कुछ नहीं मिला। मूंग की दाल मिल गयी अचानक। चाहे साइक्लोन हो, चाहे हरीकेन[1], खिचड़ी खाने की रात खासी है, यानी वैसी आबहवा बन गई है। हिलसा मछली मिल गई होती, तो सोने में सुगंध। जो भीहो, अंडा बेजा न रहेगा। जल्दी तैयार हो जाय तो मैं भी खाकर जा सकता हूं।

—भीगकर लथपथ तो हो रहे हैं!

—सड़क पर तैरना ही पड़ा है समझ लीजिए। नया वाटरप्रूफ, टोपी, छाता, गम बूट—लड़ाई की पोशाक से लैस होने में कुछ उठा नहीं

1. तूफान

रक्खा—लेकिन झूठ ही लोग वाटर-बुलेट प्रूफ के नाम से प्रचार करते हैं—असल में छर्रों से बचाव होता है, बुलेट इससे नहीं रुकता सच ही एड़ी-चोटी भीग गया हूं। कोई अंगोछे की तरह निचोड़ डाले तो हौज़ भर पानी निकले!

—बदल डालिए कपड़े। मैं बाबूजी के कपड़े ला देती हूं।

—पहले इन चीज़ों को संभालिए। इसका एक दाना भी नुकसान हो तो मेरी पीड़ा का अन्त न रहेगा।

आरती हंस पड़ी थी—"खिचड़ी खाने का इतना लोभ! आपको ऐसा भोजन-रसिक तो मैं नहीं समझ सकी थी!

—ठीक मौका न आए, तो विशेष रूप प्रकट कैसे हो, बताइए। अपनी जात का विक्रम तो यही है-गोलियों के सामने छाती तानकर खड़ा हो जाना...मगर सन् बयालीस का अगस्त, सितम्बर,अक्तूबर न आया होता तो यह रूप ज़ाहिर होता कभी? इसके पहले एडमायरर[1] चाहे जितने बड़े हों, कोई कल्पना भी कर सके थे कि सुभाष बाबू मिलिटरी जेनरल की पोशाक पहनकर फौज की सलामी भी लेंगे! और खुद उन्होंने सोचा था?

बात प्रवीर ने हंसते-हंसते शुरू की थी, लेकिन बोलते-बोलते गंभीर हो उठा। खूबसूरत से चेहरे पर लहू की ललाई दौड़ गई।

गंभीर आरती भी हो गई—लेकिन किसी और वजह से। हिटलर, जर्मनी का नाम उससे बर्दाश्त नहीं होता। उसके भैया को...

उसने कहा भी—मेरे आगे उनका नाम न लें। मुझसे सहा नहीं जाता। राजनीति से मैं बड़ी दूर रहती हूं, लेकिन सुभाष बाबू की मैं बड़ी भक्ति करती थी। लेकिन अंत में...एक राक्षस से...

एक दीर्घ निश्वास छोड़कर वह बगल के कमरे में चली गई। बोली—कपड़े लाती हूं; आप इन्हें उतारें।

---

1. प्रशंसक

खिचड़ी खाकर उस रात प्रवीर अपने होटल को न लौट सका। साइक्लोन गज़ब के ज़ोर से उठा। सुरक्षित कमरे में भी ऐसा लगने लगा कि इस दुर्योग की रात का अन्त न होगा। हर पल कोई भयंकर आफत पास आ रही है, ऐसा लगने लगा। बीच-बीच में ऐसा लग रहा था कि सारा मकान ही गिर पड़ेगा।

ऐसा एक क्षण आ भी चुका था, जब वे भोजन कर रहे थे। मारे डर के बगल के कमरे से पिताजी चीख उठे थे—शायद किसी मकान का टिन उड़कर ज़ोरों से उनकी छत पर आ गिरा था।

प्रवीर खाना छोड़कर दौड़ा था। उसीकी हिम्मत से आरती को भी साहस हुआ, वरना वह भी या तो चीख उठती या डर से उसे काठ मार जाता। और पिताजी का क्या होता, पता नहीं। जब वह उनके पास गई, तो उनका खानसामा रामधारी हक्का-बक्का सा खड़ा था। प्रवीर झुककर उनके कपाल पर हाथ रखकर कह रहा था—डरने की बात नहीं। अपना मकान सही-सलामत है। डरें मत, लगता है टिन की कोई छत उड़कर अपने यहां आ गिरी है।

पिताजी की जान में जान आई, तो वह बोला—मैं इंजीनियर हूं... मैं कह रहा हूं कि ऐसा साइक्लोन लगातार छह-सात दिन भी रहे, तो मकान खड़ा रहेगा।

पिताजी टुकुर-टुकुर ताकते रहे। प्रवीर ने कहा—आप डरें मत। मैं आपके बगल में हूं। बस, कुछ घंटों की बात है। पास कर जायगा।

उसने कपड़ों से खिड़की-दरवाज़े की फांकों को यत्न से बंद कर दिया। बोला—जितना संभव है, इसे साउंडप्रूफ[1] कर दिया। अपने एक मित्र से, जो अलीपुर के आबहवा दफ्तर में काम करते हैं, सुना है कि सौ साल के अंदर इतना बड़ा साइक्लोन नहीं आया। सुना कि आप लोगों की याद आ गई। मुझे मालूम है कि ये बच्चों से डर जाते हैं। इसीलिए मैं

---

1. ध्वनिरक्षित

आ गया। आप अकेली नहीं संभाल सकतीं। आप जाकर आराम करिए। मेरा खयाल है, रात के आखिरी समय आंधी कुछ थमेगी; तब आपको जगा दूंगा।

—नहीं, में भी रहूंगी।

—जी नहीं, रहने की ज़रूरत नहीं। फिर तो यह आंधी-पानी झेलकर मेरे भीगते आने का कोई अर्थ ही नहीं होता।

आरती उसे टाल न सकी, लेकिन सो भी न सकी। बाहर तूफान का तांडव, छत पर उड़कर आ गिरे टिन पर पानी बरसने की अजीब आवाज़, उस कमरे में बीमार पिता और उनके पास जगा बैठा प्रवीर : इस घुटन से उसे नींद नहीं आई। प्रवीर का आखिर कितना दान उसे लेना पड़ेगा? दान वह ले क्यों, इस सवाल से खीज उठी। पहली ही थी यह खीज। इस विचार से वह खुद अचंभे में आ गई कि यह खीज इतने दिनों से क्यों न जगी थी।

रात के बारह-एक बजे के बाद उससे न रहा गया। पिताजी वाले कमरे में आई। कुछ अचरज हुआ। इस कमरे में तूफान की आवाज़ कम थी। कमरे के ऊपर भी एक कमरा था, इसीलिए टिन की आवाज़ भी यहां कम पहुंच रही थी। बल्कि वह आवाज़ सुरीली सी लग रही थी! इंजीनियर ही ठहरा, जितना बन सका, आवाज़ के आने की राह उसने बंद कर दी। पिताजी गहरी नींद में सो रहे थे। नाक बज रही थी। कुर्सी पर सिर टिकाये प्रवीर भी सो पड़ा था। कुर्सी आरामदेह थी—इज़ीचेयर के नए संस्करण सी। सोने में असुविधा नहीं होती। एक कोने में दीवार से लगकर रामधारी सो रहा था। आरती ने किसीको जगाया नहीं। बगल की कुर्सी पर बैठ गयी। नीली रोशनी से भरा हुआ कमरा सपने के आवेश से भर गया। उस पृष्ठभमि में तंदुरुस्ती और दमक से भरा सोया प्रवीर अनोखा सा लग रहा था।

उसकी तरफ देखते-देखते एकाएक उसकी आंखों में पानी भर आया। क्यों भर आया, यह उसे मालूम है, मगर वह बात रहे। बाद में

जाने कब खुद भी सो पड़ी। घड़ी की टन्-टन् से नींद टूटी। उसने आंखें फैलाईं और फिर अवश की नाईं मूंद लीं। प्रवीर उसको देख रहा था। नींद का बहाना बनाकर पड़ा था वह। ज़रा देर में आरती ने फिर आंखें खोलीं-अब भी देख रहा है प्रवीर? हां, देख रहा था। अब की उससे आंखें बन्द न की गईं। नज़र मिलाकर उसने पूछा—क्या बजे?

—चार बजकर दस मिनट।

कम से कम दस मिनटों से तो प्रवीर उसकी तरफ ताक रहा था।

आंधी सवेरे भी ज़ोरों की ही थी। लेकिन पहले से कम हो आई थी। विदा होते समय प्रवीर ने कहा—बन पड़ा तो शाम को आऊंगा। कुछ ही घंटों में आंधी थम जायगी। अच्छा तो...

आरती बोली थी—धन्य हैं आप! हम ही सदा के ऋणी रहे।

—अजीब बात है! इसे आप ऋण कहती है? आप लोगों को अपना समझता हूं, स्नेह करता हूं...

—फिर यह 'आप' संबोधन स्थायी नहीं होता।

—यह दुतरफा है।

—नहीं। आज मैंने एक बार भी 'आप' नहीं कहा।

—अच्छा! गज़ब छकाया तो! मैंने गौर ही नहीं किया...लेकिन कई बार ऐसा लगा।

—नहीं लगा, हर्गिज़ नहीं लगा। मैं यकीन नहीं कर सकती।

—कम से कम कहने के इरादे से तो आया था, यकीन करो।

—फिर कहा क्यों नहीं?

—नहीं जानता। शायद आंधी, तुम्हारे पिता का भय-इन्हीं सबसे कुछ गोल-माल सा हो गया।

—कहना तुम्हें ही चाहिए था। तुम दाता ठहरे-हम है ग्रहीता। हंसकर प्रवीर ने कहा—इस विषय में दाता से ग्रहीता छोटे नहीं। जो निःसंकोच सम्मान के साथ सिर ऊंचा कर सकता है, वह तो दाता से बड़ा है।

—ऐसा भी कोई कर सकता है?

—क्यों नहीं। जो भिखारी विश्व-ब्रह्मांड के दान को बेखटके ग्रहण करता है, वह परम ग्रहीता है–बुद्ध, ईसा।

—बापरे, कहां से कहां! रहने दो, बहुत हुआ।

—और भी ले सकती हो।

—और नहीं सुनना चाहती मैं।

वह कोई तत्त्व की बात नहीं। उसने नज़र जमाकर आरती की तरफ ताका। कहा—प्रेम जहां स्वाभाविक, निश्छल होता है, वहां जो प्रेम करता है, वह दे भी सकता है, ले भी सकता है। लेखा नहीं लगाता। नारी पुरुष से ले सकती है और पुरुष भी नारी से ले सकता है। इस पाने का परिमाण नहीं: जितना दो लो।

आरती के जी में आया कि तुरत हाथ फैलाकर कहे : दो। दो न! लेकिन न कह सकी। बात निकल न सकी।

प्रवीर ने पूछा—चुप क्यों रह गई?

वह बोली—सोच रही हूं, अब हाथ फैलाऊं?

—अच्छी बात है। इतने में मैं लड़ाई पर से लौट आऊं। कल से ही कहूं-कहूं कर रहा हूं, पर मैं भी नहीं कह सका। कल ही परवाना आ पहुंचा है। आज ही रात रवाना होना है। फिलहाल पूना।

आरती को काठ मार गया।

—तुम लोगों को अपना समझकर मैंने थोड़ी सेवा की। इससे मुझे खुशी हुई। अच्छा लगा, इसीलिए किया। उसका हिसाब मत करना, इसे ऋण मत समझना भला।

हंसते-हंसते प्रवीर निकल पड़ा। अपेक्षा न की, गोया शाम को फिर आयेगा।

इसके बाद और एक दिन भेंट हुई थी। सन् 1943 का मार्च। पिताजी सन् बयालीस के दिसंबर में हवाई हमले के खौफ से गुज़र गए।

उस दिन उन्होंने एक बार पूछा था : वह कहां? यानी प्रवीर? उफ्, वह भी वया रात थी! ओह, घर-घर खौफ खाये लोगों की वह चीख-पुकार! चाँदनी रात भी ऐसी भयावनी हो सकती है, उसे कयास भी न था।

और फिर देखो 16 अगस्त की रात।

उस रात बार-बार प्रवीर की याद आयी। उधर धड़ाके पर धड़ाके हो रहे थे। ज़ोरों का एक धमाका हुआ और अचानक 'मां' करके पिता जी ठंडे पड़ गये।

ओह! बाकी रात लाश की रखवाली में बैठी रही वह। अपने मन ही मन उसने उसीको पुकारा। आल क्लियर[1] के बाद भी दूसरे दिन वह मारे आतंक के अधीर हो उठी थी।

मामा वगैरह वहां थे नहीं। रंगून के पतन के बाद ही वे लोग देवघर चले गये थे। कुछ तो कारोबार के चलते और कलकत्ते के रात्रिविहार के लिए भी, उसके ममेरे भाई हफ्ते में दो-चार दिन आ जाया करते थे। उन दिनों पूर्वी मोर्चों के दस्तों के अकबाल में कलकत्ते के नैश विलास के रंगमंच का नया पर्दा उठा था। हवा में नोट उड़ते थे! मसाज होम, होटल-और भी जाने कैसी-कैसी अजीबोगरीब व्यवस्था के चलते गृहस्थ घर की लड़कियां भी सांध्यचारिणी हो उठी थीं। उनकी अंगिया के अंदर से सौ का नोट निकलने लगा था। काले बाज़ार की गुपचुप लेन-देन से पंसारी लखपती होने लगे थे—लखपती होने लगे थे करोड़पति। और दूसरी ओर फुटपाथ पर कंकालों का काफला। मुहल्लों में रात की हवा पर हलाई तैरा करती—ज़रा सा मांड़ दे दो—मुट्ठी भर जूठन।

फाकाकशी से उनकी आवाज़ अनुनासिक हो गयी थी।

ममेरे भाई थे। लेकिन उन्हें फुर्सत कहां? और वे...? उनसे तो उसका नाता द्वेष से जर्जर हो रहा था। फिर चूंकि वे आज़ाद हिंद फौज के समर्थक हो उठे थे, इसलिए दुश्मन थे उसके।

---

1. आक्रमण के शांत होने

रात अपनी तरह बीती। और सवेरे की रोशनी में नयी शक्ति संचय कर वह सुधा भाभी के मैके गई थी-अपने पिता के मित्र के घर। ममेरे भाइयों के यहां नहीं गयी। न जाने की ही प्रतिज्ञा की थी। उसे ऐसा लगा था कि जापानी तो फिर भी दूर हैं, ये ममेरे भाई ही उसके शत्रु हैं। सुधा भाभी का भतीजा अरुण आया था और स्वयं उसने उस दिन सब कुछ कर दिया था। गज़ब का छोकरा। प्रवीर की कमी उसीने पूरी की थी। उसे नयी दिशा, नये कामों में लगाया। इन-उन सभासमितियों के काम। उसीके घर को उसने केन्द्र बना दिया था।

इसी बीच अचानक एक दिन प्रवीर आ पहुंचा। बिल्कुल फौजी वर्दी। कप्तान चटर्जी। चेहरे पर, हाव-भाव में परिवर्तन की साफ झलक। ज़ोर से आवाज़ देकर हंसते हुए अंदर आया था—आरती...आरती!

अंदर जाकर देखा तो जमघट। क्षण ही भर में उसने अपने को संयत कर लिया था।

—प्रवीर!

—हां। लेकिन...

—ये सब अपनी समिति के कार्यकर्ता हैं। इस संकट के समय देश के लिए हमारा भी बड़ा फर्ज़ है। उसीके लिए समिति कायम की है।

—ओ। लेकिन...पिताजी...

—पिताजी नहीं रहे। चौबीस के हवाई हमले के खौफ से अचानक दिल की गति बंद हो जाने से वे मर गये।

—पिताजी नहीं रहे!

—उन्हें शायद मुक्ति मिल गयी। मगर मैंने शपथ लेकर यह ज़िम्मेवारी ली है।

प्रवीर चुप बैठा था। बाद में बंधु-बांधवी सब चले गयी। वह रही और प्रवीर रह गया। दोनों जने बैठे थे। आरती ने खिल पड़ना चाहा था, लेकिन प्रवीर ने नहीं। उसने चाय पी चुपचाप। कुछ बोलने पर भी ठीक

से जवाब नहीं दिया। ज़रा देर बाद कहा—अच्छा, विदा! अगर लौटा तो फिर मुलाकात होगी। कल ही जा रहा हूं। अजाना सफर! मतलब कि ठीक-ठीक पता नहीं कि कहां जा रहा हूं। सुबह होते-होते मिलिटरी स्पेशल छूटेगी। आज ही सुबह पहुंचा हूं। भेंट कर ली।

उसने उसकी हथेली दबायी थी।

प्रवीर ने कहा था—छोड़ो!

यही आखिरी मुलाकात थी। महज़ एक खत उसने भेजा था। लिखा था—आरती, उस रोज़ मैं सिर्फ तुमसे विदा मांगने नहीं गया था। गया था तुम्हें अपने जीवन से बांधने के लिए भी। सोचा था, मैं कहूंगा : रति, विदाई के दिन मिलन मनाकर जीवन का देना-लेना चुकाता जाऊं; जिसके चुक जाने पर हम खो जाने पर भी एक-दूसरे से न खो सकेंगे। मगर यह न बन पड़ा। तुम्हारे दोस्तों की भीड़ देखकर उत्साह को ऐसा धक्का लगा, मानो कोई नाव छिपी चट्टान से टकराकर फंस गयी। सो मैं चुप बैठा रहा और लौट आया।

इसके बाद की कुछ पंक्तियां सेंसर विभाग द्वारा काट दी गयी थीं।

इसके बाद उसे फिर कभी कोई खबर न मिली। कितनी उनींदी रातों में वह उसके बारे में सोचती रही। नींद में कितने सपने देखे, कितना रोई। अंत में उसने प्रवीर के बड़े भाई को चिट्ठी लिखी थी, उन्होंने जवाब दिया था—उसकी कोई खबर नहीं मिली है। पता नहीं है।

प्रवीर खो गया था। बहुत रो-रोकर उसने तर्पण किया। अचानक यह किस प्रेतमूर्ति में प्रकट हुआ?

6

सुधा भाभी के मैके जाकर बगल वाले के यहां से उसने बाग बाज़ार फोन किया था—केशव बाबू के यहां। फोन पर माधव बाबू को पूछा।

कहा—मैं आरती सेन हूं। कपालीटोला के...नं० मकान से आप लोगों ने मेरा उद्धार किया था। प्रोफेसर घोष मुझे जानते हैं। कल मैं अपने मामा के यहां बालीगंज आई हूं।

जवाब मिला था—हां, हां। कहिए, क्या काम है?

—आप क्या माधव बाबू...?

—नहीं, नहीं। मैं उनका बड़ा भाई हूं। केशव।

—मैं एक बात पूछना चाहती हूं। यह जो रतन ड्राइवर ..

—मुझे मालूम है। कुछ झड़प सी हो गयी थी आपके उन सगे संबंधियों से। हमें इसका हार्दिक दुःख है।

—मैं उसका पता जानना चाहती हूं। वह है कौन? क्या वह ड्राइवर है? पता क्या है...

पूछते हुए पशोपेश में पड़ गयी। क्या पूछे? जो प्रवीर को जानते नहीं, उनसे इस सवाल का मतलब क्या हो सकता है?

जवाब मिला—उसकी ओर से हम माफी चाहते हैं। जाने दीजिए उस बात को। वह बड़ा खयाली आदमी है; कभी-कभी बिगड़ उठता है। मेरे भाई माधव की पहचान का है। बड़ा अच्छा मोटर-मिस्त्री है। आपको तो ऐसे मिस्त्रियों के मिज़ाज का पता है।

अब क्या कहे? चुप थी आरती।

उधर से ज़रा हंसी की आवाज़ के साथ सवाल आया—तो रख दूं फोन।

—उसका पता बता सकते हैं आप? आते वक्त जगह तो मैंने देखी थी, मगर नंबर...मुझे और ही कुछ ज़रूरत है। बड़ा ज़रूरी है। आपने जिस बात के लिए खेद प्रकट किया है, मेरा उससे कोई वास्ता नहीं। आप उसकी फिक्र न करें। मेहरबानी करके मकान का नंबर बतायें।

—नंबर तो मुझे मालूम नहीं। मगर मुहल्ले में जाकर जिस किसी से भी रतन मिस्त्री को पूछेंगी, बता देगा। उसको सभी जानते हैं। लेकिन शाम से पहले तो वह मिलेगा नहीं। हां, उसकी मां है, बीवी है। उनसे कह

दें तो वे भेज देंगी। हम कहें क्या उससे? इस आड़े वक्त में तो वह हमारे ही साथ काम कर रहा है।

आरती चौंक उठी थी—मां, बीवी! फिर?

ठीक इसी वक्त उधर से आवाज़ आयी—लीजिए, आ गया रतन। बात कीजिए। फिर ज़रा धीमी आवाज़ में सुनायी पड़ा—रतन, टेलिफोन पर तुम्हें बुला रही है?

—मुझे?

—हां, तुम्हें। वही भद्र महिला हैं। कपालीटोला...

—कह दीजिए उनसे, जो चाहे सो करें...मैं क्या कहूं?

—नहीं, नहीं। कोई और काम है। ज़रूरी। सुन भी लो, क्या कह रही हैं! बहुत व्यग्र हैं। लो।

—'हैलो!'—वही भारी आवाज़। तेज़ तो न थी, फिर भी आवेग से कांप रही थी।

आरती ने छूटते ही कहा—प्रवीर!

एक पल! जितने में उत्तर की आशा की जा सकती है, उससे एक पल की देर! उसके बाद ही जवाब मिला—मेरा पूरा नाम है रत्नेश्वर भट्टाचार्य।

—नहीं। प्रवीर। रतन भट्टाचार्य कौन है, नहीं जानती, लेकिन गीदड़ के काट खाने का निशान....

—जी, माफ करें। बड़ा काम पड़ा है, बिल्कुल समय नहीं मुझे! और खटके के साथ फोन बंद हो गया। रिसीवर रख दिया उसने।

मां-बीबी? मां तो इसके कालेज में पढ़ते समय ही चल बसी थीं। मिलिटरी इंजीनियर प्रवीर हुलिया बदलकर, मोटर-मिस्त्री बनकर बीवी के साथ कैसे मज़े से रह रहा है! सब धुंधला हो गया! मानो तुरत की बनी

किसी तस्वीर को लीप-पोतकर किसीने बराबर कर दिया।

विमूढ़ विस्मय से सैकड़ों उत्तरहीन प्रश्नों से परेशान वह तमाम रात जगी बैठी रही।

प्रवीर को वह भूल ही चली थी। पिता की मृत्यु के बाद सुधा भाभी के भतीजे अरुण की कृपा से उसे एक नयी राह मिली थी। खासा सहृदय और भला सा छोकरा। उसकी राय नयी, नज़र नयी, जीवन में कदम बढ़ाने की भंगिमा नयी, खयाल नये, ढंग नये। जर्मनी और जापान से उसे सख्त चिढ़। यहीं उसके साथ आरती का पहला मेल बैठा और उसी मेल के सिलसिले में वह एक नये पथ पर पहुंच गयी थी। खयाल बदल गये थे, नज़र बदल गई थी, ज़िंदगी का अर्थ बदल गया था। उसके उदास जीवन में नया उल्लास आया। उसीमें वह खो गयी, स्मृति धुंधली हो गयी। पुरातन से लिपटे पड़े रहना जीवन का धर्म नहीं...पुराने को खोकर नये जीवन को खोज लेना ही उसकी प्रकृति है। उसीमें उसकी सांत्वना है, उसीमें शांति है। यह नहीं कि उस नये जीवन की झांकी उसे नहीं मिली। मिली। लेकिन राह तै करने की जल्दी में किसीका हाथ थामने का अवकाश नहीं मिला। बंधु उसके बहुतेरे थे, जिसके लिए प्रोफेसर घोष ने मीठी सी चुटकी ली थी। प्रीति भी बहुतों से थी, लेकिन आवेग के ताप से गाढ़ा बनाकर उसे प्रेम में बदलने की प्रवृत्ति नहीं हुई। वह प्रवृत्ति अब रही नहीं। प्रेम पर आस्था नहीं। लेकिन प्रवीर के प्रति एक ज़बर्दस्त कौतूहल ने उसे बेचैन कर रक्खा था। और न सिर्फ कौतूहल, एक आक्रोश भी अनुभव कर रही थी वह। उसकी इस लुका-छिपी में मानो वह एक गुप्त काले कारनामे का अनुभव कर रही थी।

वह शोभा बाज़ार की बस्ती में पहुंची। दंगे का असर अब भी था। अपने-अपने सुरक्षित दायरे में सिमटे रहकर दोनों तरफ की सीमा में

गुप्त हत्याएं चल ही रही थीं। उधर पूरबी बंगाल गरम हो उठा था। काफी लोग भागकर आ रहे थे। ऐसी हालत में भी किराये की मोटर से आरती वहां पहुंची। कुछ रोज़ पहले काफी बारिश हो चुकी थी, गोया कलकत्ते की छाती पर कलंक की पड़ी कालिमा को धोने का आसमान ने जी-जान से प्रयास किया। लेकिन वह दाग फिर भी न धुला! सूखे ज़ख्म पर जैसे पपड़ी पड़ जाती है, वैसी ही पड़ी थी शोभा बाज़ार की जली हुई बस्ती। प्रवीर के हाथ पर गीदड़ के नाखूनों के ज़ख्म के धब्बे जैसी।

केशव बाबू ने ठीक ही बताया था, घर ढूंढ़ने में दिक्कत न उठानी पड़ी। नाम लेते ही लोगों ने बता दिया।—वह रहा। वह दरवाज़ा। नहीं, नहीं, उसके बगल वाला।

काफी दूर तक टिन की लंबी दीवार, टिन की छौनी। जैसे कोई गोदाम हो। टिन की दीवार पर यहां से वहां तक खिड़की की कतार। बीच-बीच में दरवाज़े। दस-बारह दरवाज़े। थोड़ी-थोड़ी दूर। आरती ने कहा—ज़रा पुकारो तो।

साथ के आदमी ने कहा—आप ही पुकारें। रतन तो है नहीं। काम पर गया है। उसकी मां है। अंधी है, मगर बड़ी लड़ाकिन। बात-बात में गाली। कड़े खटखटाकर आवाज़ दीजिए। इस अहाते में और कोई नहीं रहता। झगड़ालू मां के चलते समूचा रतन को ही किराए पर लेना पड़ा है। बीवी उसकी बड़ी भली है। पुकारिए।

आरती ने कड़े बजाये। एक तीखी और अधीर आवाज़ आयी नारीकंठ की—कौन है रे? कौन चिबिल्ला है? क्या चाहिए? मजाक सूझी है, क्यों?

महज़ कड़े बजाने पर एकसाथ इतनी बातों की बौछार से आरती की हिम्मत कुछ ठंडी पड़ गयी। फिर भी उसने कहा—रतन बाबू से काम है।

—औरत है? किसी औरत से अपने रतन को कोई काम नहीं!

—जी, काम है मुझे। बहुत ज़रूरी काम। सख्त ज़रूरी।

अब की किसी औरत का मुखड़ा उझका। एक क्षण को। उसी क्षण भर में जो देखा जा सका, उसीसे चौंक उठी आरती।

वाह, कैसा रंग! कैसी आंखें! गज़ब की निगाह! शांत, प्रसन्न और नीली पुतलियां, गोधूलि के दो तारों जैसी! रंग गोरा-चिट्टा तो नहीं लगा, लेकिन अनोखी माधुरी! यही है उसकी बहू?

इतने में अंदर वह बहू बोली—किसी भले घर की बाबू लड़की है मां!

—भले घर की बाबू लड़की?

—लगता है, गाड़ी-वाड़ी बिगड़ गयी है। किसीने तुम्हारे लड़के का पता बता दिया है।

—कह दो, वह घर में नहीं है। श्याम बाज़ार के दंगा-दफ्तर में तलाश करे।

आरती बोली—मैं इंतज़ार करूंगी। मिलना ज़रूरी है।

अब बहू सामने आयी। आरती मुग्ध हो गई। इतना रूप? इतना माधुर्य! इतनी प्रसन्नता? खुशी से ज़रा मुस्कराकर वह बोली—आइए।

घनी बस्ती। आंगन के छोटे से टुकड़े के दोनों बाजू कमरे। बाकी दो तरफ टिन का चलिया और छोटा सा कमरा। उसीमें रसोई का इंतज़ाम।

—हमारे इस घर में बैठेंगी कहां आप?

—कमरे में ही बैठूंगी। बहू के चेहरे को एकटक देख ही रही थी वह। उमर में उससे छोटी। बीस साल की भी न होगी। उधर कमरे के दरवाज़े पर एक बुढ़िया बैठी थी। अपनी सफेद और धुंधली आंखों निर्निमेष ताक रही थी। कान लगाकर सुन रही थी कि बहू फुस-फुस क्या बतिया रही है। बोली—यह फुसफुसाकर क्या बात करना ; ऐं।

बहू अपराधी सी हंसी हंसकर बोली—ज़रा ज़ोर से बोलिए। आंखों देख नहीं पातीं। बात नहीं सुन सकती हैं, तो बिगड़ उठती हैं।

दिमाग भी खराब है। ये जब लड़ाई पर गए हुए थे, तो आठ-दस महीने तक इनकी कोई खबर ही न आयी। लोग-बाग कहते थे, लड़ाई में काम आ गया।

एक लंबी उसांस भरकर वह बोली—सो, पागल हो गयी थीं। बस, यही एक लड़का है न!

—अरी ऐ हरामज़ादी, कहा नहीं सुनती? फुसफुस कैसी? ऐं—बुढ़िया चिल्ला उठी।

हंसकर बहू ने कहा—फुसफुस नहीं मां, मैं कह रही थी, आप तो बड़े घर की हैं, मेरे घर में कहां बैठेगी आप?

शांत होकर बुढ़िया बोली—कमरे में बिठाओ।—और उसके बाद ही कहा—हूं, बड़े घर की है, खुशबू आ रही है, इतर मला है शायद? गाड़ी किसी और से न बन सकी, क्यों? रतन के हाथ लगाते ही धुआं छोड़कर दौड़ पड़ेगी।

छोटा सा टिन का कमरा, लेकिन गज़ब की सफाई। एक जनिया एक तखत पर साफ-सुथरा बिछौना। एक मामूली सी तिपाई पर खूब साफ चादर का एक टुकड़ा। उसपर गुलदस्ते में फूलों का एक गुच्छा। जिल्द फटी एक अंग्रेज़ी किताब। सर की तरफ दीवार पर दो तस्वीरें। गांधी और सुभाषचंद्र। उधर की दीवार पर देवी-देवताओं की कुछ तस्वीरें।

खटका सा लगा। प्रवीर गांधी या सुभाष, किसीका भी कभी भक्त न रहा। एक और भी तस्वीर थी। फोटो। फौजी वर्दी में एक जवान सिपाही का फोटो। चेहरे पर दाढ़ी-मूंछ, छाती पर दोनों हाथ रक्खे वीरता दरसाने वाली भंगिमा से खड़ा। फोटो के नीचे एक फूल। आरती तस्वीर के पास गयी। है कौन? प्रवीर तो नहीं है, मिलता-जुलता है, आंखें, दाढ़ी-मूंछ, सब वही, फिर भी यह प्रवीर नहीं। दाहने हाथ का आधा हिस्सा साफ दीख रहा था, मगर वह दाग कहां?

आरती ने हंसकर कहा—यह तस्वीर तो तुम्हारे पति की है?

—हां, लड़ाई पर जाने से पहले शौक से खिंचवाकर भेजी थी।

—और तुमने फूल चढ़ाया है?

—हां।

—ज़िंदे आदमी के होते तस्वीर की पूजा!

पल भर के लिए वह बेचारी कैसी तो हो गयी। फिर बोली—हां, वह भी करती हूं। तस्वीर पर भी फूल चढ़ाती हूं। दोष क्या है इसमें?

—दोष नहीं है। लेकिन आज के ज़माने में ऐसी भक्ति नज़र तो नहीं आती!

वह चट बोल उठी—इस ज़माने में ऐसा प्रेम भी शायद नहीं है, इसीलिए नज़र नहीं आती। देख लीजिए।

उसने बात नहीं की, मानो जल उठी। आरती कुछ अवाक् हो गयी। उसके होठों पर हलकी कौतुक-हंसी भी झांक पड़ी। लेकिन कौतुक से आरती कुछ कहे, इसके पहले ही धीर हंसकर उसने कहा—हंसती हैं आप? मगर मैं इस ज़माने की लड़की भी तो नहीं। मेरी बात...

बाधा देकर आरती ने कौतुक से ही कहा—किस ज़माने की हो तुम? बाबा आदम के ज़माने की?

—वह भी कह सकती हैं। पैदा इस युग में ज़रूर हुई, पर हूं वही आदम के ज़माने की। आप आज की लिखी-पढ़ी कलकत्ता शहर के बाबू परिवार की है। मेरे पिता गंवई गांव के पंडित। पति भी पुरोहित परिवार के। उम्र में बुढ़िया चाहे न होऊं, मगर आदम के ज़माने की नहीं तो क्या? हमारी बातें आप नहीं समझेंगी।

—नहीं समझूंगी! बेशक समझती हूं...स्वामी देवता...

बाधा देकर वह बोली—मतलब जानना और मन में उसे समझना, एक ही नहीं। आदमी देवता होता है, मगर बहुत-बहुत दिनों में कोई एक। हमने छुटपन में बरत किए थे—राम जैसा, शिव जैसा पति पाऊं। यह भी कामना की कि नारायण स्वामी मिलें। यानी पिताजी ने कहा था

और मैंने उसे समझा था, समझा था कि पृथ्वी पर सदा-सदा के पुरुष-पुरुषोत्तम को मैं स्वामीरूप में पाऊंगी। पुरुषोत्तम किसी ज़माने में कोई आते हैं। उसे जो स्त्री पाती हैं, वह या तो सीता होती हैं या सती होती हैं या होती हैं रुक्मिणी। या कि गोपा या विष्णुप्रिया। बाकी लड़कियों की मन की मन ही रह जाती है। इसीलिए सभी औरतें सोलहों आने सुखी तो होतीं नहीं। वह आप लोगों के समय में। आप लोगों में हमसे कहीं अधिक। इस मर्ज़ की पुरानी दवा को हम मानती हैं, आप नहीं मानतीं। आपकी जिनसे नहीं पटती, उन्हें छोड़कर आप किसी और का हाथ थाम लेती हैं। हम जिसे भी पा लेती हैं, उसी पुरुष को आधार बनाकर पुरुषोत्तम की पूजा करती हैं। घर बेशक हम भी छोड़ती हैं। लेकिन वह होता है मीरा का घर छोड़ना। यह आसान नहीं होता। जूड़े में फूल खोंसती हैं, मर्द के हिये में डालती है, फिर तस्वीर को ही फूल देना गुनाह हो गया?

आरती अब अभिभूत हो गयी। देखने में यह लड़की जितनी निरीह लगी थी, उतनी है नहीं। यह छोटा-मोटा पत्ता ही है। लगी तो चिकोट सी, लेकिन बोलती बड़े ढंग से है। जिसे मूरख कहते हैं, दरअसल यह लड़की वह नहीं है; और ऊपर से जितनी नर्म है, जितनी मीठी मालूम पड़ती है। चाहे, हकीकत में है सख्त। मिठास में झांस है।

वह फिर बोली—मैंने तो कह ही दिया था कि ये पुरानी बातें आपको नहीं जंचेंगी और शायद ढूंढ़े इनका अर्थ भी न मिले। ठीक यही हाल हमारा भी होता है, आपकी बातें सुनकर। ऐसे ही हंसी आती है, कभी-कभी डर लग जाता है!

बड़ी देर तक आरती सन्नाटे में रही। शायद उत्तर की आशा में वह भी चुप रही। बाहर बुढ़िया बुदबुदाती ही चली जा रही थी। क्या बड़बड़ा रही है, उसपर गौर करने की हालत ही न थी आरती की। इस चर्चा में कौतुक पाने जैसा मन भी न रहा उसका। मन के अंदर हर आदमी के एक पिटारे में दबा सांप होता है, उसे 'फोंस' करने देना शर्मनाक है, खास

करके तब, जब कि प्रतिपक्ष इतर हो। लेकिन वह बहू तो मानो छेड़ने की लकड़ी ऊंची किये ही बैठी थी। आरती ने अपने को ज़ब्त किया और बातों का सिलसिला बदल देने की नीयत से ही बोली—अच्छा अपना नाम तो बताओ, बात बहुत अच्छी करती हो तुम!

—नाम?—वह मानो शर्मिंदा हो गयी।

—नाम बताने में भी शर्म?

—हां, थोड़ी सी है।—हंस पड़ी वह—यानी नाम में रद्दोबदल हुआ है। पिताजी ने नाम रक्खा था मेरा सती। शादी हुई। फूफी का नाम वही था, इसीलिए मेरा नाम रख दिया गया सीता। उसके बाद लड़ाई में जाकर ये हो गए लापता। सास ने कहा : बस, सारा कसूर इस सीता नाम का है। सो जब ये लौटकर आये तो बोले : मैं इसका यह नाम बदल दूंगा। और जब तुम्हारी बहू के ऐसा रूप है तो सती को सीता होने की ज़रूरत नहीं; सती रति ही हो। मेरे लापता होने से ही तो मदन भस्म की विपदा टली है।...सो मेरा नाम रति है।

आरती मानो पंगु हो गयी।

थोड़ी ही देर बाद, दरवाजे पर भारी गले की आवाज़—मां।

—बेटा!

बुढ़िया के इस कठस्वर की कल्पना नहीं की जा सकती। बर्फ की सख्त चट्टान पिघलकर मानो संगीतमय जलधारा बन गयी। वह धारा कलकल करती हुई मानो पृथ्वी की प्यास मिटाती हुई बह चली।

—तेरे लिए बाबू-घर की एक लड़की तब से बैठी है। बेचारी की गाड़ी की कोई मरम्मत नहीं कर सका। जा, जा बेटे, ज़रा ठीक कर दे। खाने में थोड़ी देर ही होगी, और क्या।

आरती कमरे से बाहर निकली। दोनों आमने-सामने।

पता नहीं, पल भर के लिए भी वह विह्वल हुआ या नहीं, लेकिन एक

क्षण उसकी तरफ ताककर उसने नज़र झुका ली और कहा—नमस्कार। चलिए, देखूं आपकी गाड़ी को क्या हुआ।

लेकिन आरती एकटक उसे देख ही रही थी। तीखी निगाहों गहरे से गहरे विश्लेषण द्वारा ज्यामिती के दो क्षेत्रों को जिस प्रकार हिसाब से मिलाया जाता है, उसी प्रकार मिलाकर देख रही थी। 'रति' नाम के बाद संदेह की कोई गुंजाइश ही नहीं थी, मगर तो भी देख रही थी। देख रही थी कि उसकी जमी हुई आंखों की प्रतिक्रिया से उसकी आंखें कैसी झुक जाती हैं। और आंखें झुकीं। प्रवीर की बात से वह समझ गई कि प्रतारणा गहरी है, इनके सामने वह बातें नहीं करना चाहता। मन विद्रोही हो उठा। नः, नहीं जाती मैं। प्रतारक के जाली नकाब को ज़बर्दस्ती खींचकर उसका असली रूप इनके सामने ही ज़ाहिर कर दूंगी। लेकिन बहू को देखकर तुरत उसने अपने को ज़ब्त करके कहा—चलिए।

दोनों बाहर निकल पड़े। बुढ़िया ने आहट सुनकर कहा—जा रहा है बेटे? हां हां, जा बेटे। क्या करना, मुसीबत में पड़ी है बेचारी। जा। बहू, दरवाज़ा बंद कर ले।

दरवाज़ा चरमरा उठा। आरती ने एक बार मुड़कर देखा। बहू सांप की तरह ताक रही थी। औरतों को पता चल जाता है। उसे कुछ भिनक लगी।

—चलिए, गंगा किनारे चलें। वहां एकांत रहेगा।

गंगा-तट पर एकांत जगह में पहुंचकर कहा—यहीं बैठिए।

—'बैठिए' कहकर निहायत कमज़ोर धोखे की नकली दाढ़ी-मूंछ अब क्यों? सीधे, सहज ढंग से बोलो : बैठो!

—वह ज़रा हटकर बैठा। बोला—नहीं, आपको मैं 'आप' ही कहूंगा। आज मैं सचमुच ही एक मोटर-मिस्त्री हूं। वह प्रवीर मैं नहीं रहा।

—लेकिन क्यों? मुझे, तुमने यह धोखा क्यों दिया आख़िर?

—आपको धोखा? कह क्या रही हैं मिस सेन?

—तुमने मुझे चिट्ठी नहीं दी थी? आखिरी मुलाकात के दिन तुम

मुझे 'रति' संबोधन करने नहीं आये थे?

—आया था, लेकिन अपने को ज़ब्त करके लौट ही गया था। फिर जिन-जिन कारणों से आपस में एक-दूसरे पर अधिकार की गुंजाइश होती है, आप ही बताएं हम लोगों की जान-पहचान में ऐसी कोई वजह आई थी क्या?

—घटना महज़ बाहर ही नहीं घटती है, मन के अंदर भी घटती है।

—ऐसी घटना भी दो तरह की होती है मिस सेन। एक घटना ऐसी दुर्लभ होती है जिसके बाद मन नहीं पलटता। यों घटनाएं तो अनगिनत घटती ही रहती हैं! आज मिताई, कल जुदाई; फिर मेल। है या नहीं? आपके मन का इतिहास मुझे ठीक-ठीक मालूम नहीं, मगर वह स्थिर तो है नहीं। अभी आपने मां को देखा न, वह रतन के लिए पागल हो गई थीं, वह पागलपन आज भी न जा सका। मुझे रतन समझकर ही कुछ शांत हुई हैं।

वह जरा हंसा।

आरती ने कहा—नहीं, उसका मुझे कोई क्षोभ नहीं। लोभ जो चीज़ है, वह सामयिक है, वह प्रेम नहीं, यानी वह तुम्हारी कही कोई दुर्लभ घटना नहीं है—लेकिन हो तो सकती थी। दिनों तुम आते-जाते रहे...

—जाने को गया ज़रूर हूं। लेकिन आप तो जानती हैं, कभी भी केवल आखिरी दिन को छोड़कर, जिस दिन आपने देना-पावना की बात उठाई थी और जिस दिन हम तुम-तुम पर आए थे...उस दिन के सिवाय एक भी दिन आपकी मदद के सिवा मैंने किसी तरफ एक कदम नहीं बढ़ाया। और आपको मेरे लिए बेचैनी भी क्या? भूल गई थीं, भूल ही जायं। मैं सचमुच ही मर गया हूं।

—तुम भूत हो!

—कह लें, मुझे रोष नहीं।

—तुमने उन्हें क्यों धोखा दिया? इसलिए कि वह अनुपम रूपवती

बीवी मिलेगी।

—हां, इसीलिए।

—लेकिन उसका पति जब लौट आयेगा, तब?

—वह ज़िंदा नहीं है। मेरे सामने ही उसने अंतिम सांस ली। मेरी ही गोदी पर सिर रखकर।

—स्कैंड्रेल[1] हो तुम! निहायत गिरे हुए।

—आप समझ नहीं रही हैं...

—मैं आज ही जाकर सारा भंडा फोड़ दूंगी।

—आप नाहक अपने को कष्ट न दें मिस सेन। उसे मालूम है।

—मालूम है!—आरती के अचरज का अंत न रहा—मालूम है! जानकर भी पुरुष और पुरुषोत्तम के ऊंचे तत्त्व की बातें कही हैं उसने। गज़ब है! मगर गज़ब भी क्या! जिस देश में राम का जप करते हुए अपने स्वार्थ की सिद्धि के लिए लोग परायों की आंखों में धूल झोंकने के मनसूबे गांठा करते हैं, एक सांस में झूठ बोला करते हैं जहां भगवान् के मंदिर की दीवारों पर व्यभिचार के असंख्य चित्रों की सजावट होती है, जहां परकीया-साधन धर्म का अंग माना जाता है, वहां की इस पुरोहितकन्या के लिए यह असंभव कैसे हो? लेकिन...

—लेकिन...लेकिन इस अनाचार में तुम कैसे गर्क हो गए प्रवीर? तुम्हारे जीवन की वह शिक्षा-दीक्षा?...

आरती और न कह सकी। प्रश्न भरी अपलक आंखों को और भी दमकाकर वह उसकी तरफ देखने लगी।

लेकिन प्रवीर उस नज़र से परेशान न हुआ। सहज स्वर में धीरे-धीरे बोला—जो मैंने किया, मुझसे पहले मेरे किसी मित्र ने यह किया होता, तो मैं भी यही सवाल करता। लेकिन जब खुद कर बैठा, तो समझा। समझ-बूझकर ही ऐसा किया। फौज में रत्नेश्वर से भेंट हुई। मेकेनिक

---

1. नीच

मिस्त्री-हमारे ही इंजीनियरिंग यूनिट में काम करता था। मुझसे मिलती-जुलती शकल, लेकिन चूंकि उसने दाढ़ी-मूंछ रख छोड़ी थी, इसलिए ठीक-ठीक पता नहीं चलता था कि यह सादृश्य है कितना। गले की आवाज़ और आंखें मिलती थीं। रंग उसका मुझसे कुछ मैला ही था। फिर भी एक-सा। खैर, ये छोटी-मोटी बातें रहने दो। वह मेरी गोद में ही मरा। दम तोड़ने से पहले उसने मुझे अपनी मां के बारे में कहा, स्त्री के बारे में कहा। उफ़, कैसी गिड़गिड़ाहट! जापानियों से शिकस्त खाकर हम उस समय जान लिये जंगलों में भाग रहे थे। किसी कदर बंगाल आया। कलकत्ते के पास ही ये रहते थे। नाम नहीं बताऊंगा। जो सब गांव आज शहर बन गये हैं, जहां के ब्राह्मणों की कभी सारे बंगाल में ख्याति थी, आज जिनकी दशा भिखमंगों की है, ज़िल्लत की ज्वाला से जिनकी संतानें अंग्रेज़ी शिक्षा के लिए लपकीं और पढ़कर या अधकचरी रहकर हमारी-आपकी तरह नास्तिक हो उठीं। वहां, इन लोगों का पता न चला। सुना, बहू को लेकर सास कलकत्ते चली गई है, वहीं कमा-कोड़कर गुजर-बसर करती है। महराजिन या दाई का काम करती है। मैंने ठिकाना लिया और पहुंचा। बहू और मां, दोनों ने मुझे रत्नेश्वर समझा। मेरे दाढ़ी-मूंछ बढ़ आई थी, अपने अजाने ही मैं रत्नेश्वर बन बैठा था। वह घटना...

वह चुप हो गया। हंसा। मज़ाक से नहीं, वह मीठी स्मृतियों की याद की हंसी थी, फिर भी थी उदास, फीकी।

सुजा-गुजाकर कहने का यह ढंग आरती को अच्छा नहीं लग रहा था। कीचड़ के बने पुतले को रंग डालकर प्रवीर मनोरम बनाना चाह रहा था। जैसे ही प्रवीर चुप हुआ, वह बोल उठी—बहू की खूबसूरती देख तुमने अपने-आपको खो दिया। मौके का लाभ उठाया।

—हां। थोड़े में कहें तो यही होगा।

—फिर जब उस बेचारी का सर्वनाश हो गया तो इन्कार करने का कोई चारा नहीं रहा। तब शायद तुमने उसे बताया कि असल में तुम वह

नहीं हो। छिः छिः! धिक्कार है तुम्हें!

—आदमी की एक अवस्था होती है, वह जब उस अवस्था में पहुंच जाता है, तो फिर कोई छिः उसे नहीं छू पाती।

—तब अपने अधःपतन की चरमसीमा पर पहुंच जाता है वह, चमड़ी गैंडे जैसी हो जाती है और कीचड़ में लोटना ही उसका विलास होता है।

—इसका भी प्रतिवाद नहीं करूंगा मैं। लेकिन सिर्फ एक बात कहूंगा कि उस लड़की ने पहले भूल तो की, मगर पहली ही रात वह अपनी भूल समझ गयी। मैंने उसका स्पर्श नहीं किया और खोलकर उसे सब कुछ बताया। तब भी लौट जाने की जुर्रत मुझे थी, ख्वाहिश भी थी। लेकिन उपाय नहीं था। वह अधपगली बुढ़िया रात भर बहू-बेटे के कमरे के दरवाज़े के अगोरे रही। और भी कुछ था लेकिन क्या ज़रूरत!

—वह था उस बहू का अनुपम रूप।

—नहीं, उसके अलावा भी था। लेकिन छोड़िए उसे। बार-बार आप रूप-रूप करके जिस ढंग से बात कर रही हैं, इससे तो रूप को मानो निहायत नाचीज़ बताकर व्यंग्य कर रही हैं आप। अच्छा आप ही कहें, जब किसी एक को किसी एक का रूप अच्छा लग जाता है और वह उसके लिए पागल हो जाता है, सर्वस्व निछावर कर देता है, तो जो रूप बहुतों की निगाहों में अनोखा लगता है, उसपर फिदा होकर मैंने उसकी पूजा ही की, तो कौन सा कसूर किया?—ज़रा देर ठक सा रहकर वह बोला—लोग कहते हैं, जहां बहुतों का मनोहारी रूप होता है, वहां भगवान् की झलक होती है।

हंस पड़ी आरती। बोली—भगवान्! आखिर भगवान् पर आ उतरे प्रवीर! हाय! हाय! हाय!

—ओ, आप भगवान् को नहीं मानतीं!

—न मानूं मैं, मगर मानते हुए भी तुम वह नाम लेने के अधिकारी नहीं।

—नहीं मान सका। क्योंकि भगवान् ही पाप-पुण्य के विचार-बोध

हैं! खैर। लेकिन यह तो कहें, मेरा गुनाह कौन सा है? पाप क्या है?

—यह सवाल तुम्हारी जीभ पर अटकता नहीं?

—नहीं। मान लीजिए, औरत विधवा हो गयी। फिर मैं उससे शादी कर लेता तो एतराज़ क्या था? गुनाह होता?

भवें सिकोड़कर आरती ने कहा—तुमने वैसा किया नहीं।

—नहीं। लेकिन मैं उसके साथ पति-पत्नी की तरह ही रह रहा हूं। आप तो मेरा घरबार देख आयी हैं, कम से कम वहां व्यभिचार की कोई निशानी देखी क्या, सो बताइए!—वह कुछ हंसा, फिर बोला—मैं इस ज़माने को जानता हूं मिस सेन। इस युग का चरम माडर्निज़्म क्या है, यह भी जानता हूं मैं। क्लब-होटल देखे हैं। आज के अत्यंत भले दंपति को भी देखा है और उनका भी तलाक देखा है। हम उनसे भी सच्चे, शांत और सुखी हैं। मैं उसे देवी समझता हूं, वह मुझे देवता। अब बताइए, अपना अपराध क्या है?

आरती चुप रही। जो यह बात कह सकता है, उससे तर्क क्या करना? उसके दिमाग के भीतर कैसा तो होने लगा, क्षोभ घुमड़ने लगा, बुझी लपट वाले धुँआते यज्ञकुंड सा। साथ ही साथ एक उदास मायूसी। इसी दशा में एक बात याद आई। सिर उठाकर धीरे-धीरे बोली—लेकिन इस तरह मिस्त्री का काम करके जीवन को नीची सतह पर क्यों उतार लाए? जो तुम कह रहे हो, अगर वह सच है, फिर तो तुम अपने योग्य काम करके उसे ऊपर उठा सकते थे। आदमी अंधेरे में मुंह कब छिपाता...

—यह आप नहीं समझ सकेंगी देवीजी!

चौंक उठी आरती। प्रवीर भी सिर झुकाए बैठा था। गर्दन उठाकर ज़रा हंसकर बोला—तुम क्यों आई हो रति!

रति जाने कब पीछे आ खड़ी हुई थी। कंधे पर गमछा-धोती, हाथ में एक लोटा। गंगा नहाने का बहाना किए वह उनके पीछे-पीछे चल पड़ी थी।

रति ने कहा—आखिर रह न सकी। मैंने तो चीन्ह लिया कि यह

कौन है! तो सुनो, तुमने जो पूछा, उसका जवाब सुनकर नहीं समझा जा सकता। तुम तो बाबू-धर की बेटी हो। तुम्हें प्यार करने पर किसी को फकीर बनने की तो नौबत नहीं आयेगी। तुम इसे कभी भी न समझ सकोगी। खुद किसी भिखमंगे को प्यार करके उसके बगल में भिखारिन बनकर खड़ी हो सको, तो समझोगी।—उसकी दोनों आंखें दम्-दम् कर रही थीं। ऐसी जलती निगाहें लिए गंगा के किनारे वह औरत आग की लौ सी लग रही थी।

आरती जल-भुन जाना चाह रही थी, पर न बना। इस वाचाल औरत से गंगा-तट पर खड़ी-खड़ी लड़ने में पार वह नहीं पा सकती। सभा होती तो बात थी। इसकी ज़बान तो किसी बात पर रुकने की नहीं।

—उसकी ज़बान रुकी नहीं। वह बोली—इसे तुम ऐसा न कहो, यह मेरे पुरुषोत्तम का दान है, नारायण का आशीर्वाद। तुम अपने घर जाओ। मेरी दुनिया में चिनगी डालने मत आना।

—जलाने को है क्या!—आरती उठ खड़ी हुई। अपने को संवरण करके घृणा से कहा—जो जल चुका है, वह भी कहीं जलता है? वह जलकर खाक हो चुका है। प्रवीर, तुम अंगार हो। नहीं, नहीं, तुम प्रेत हो! प्रेत!

वह रुकी नहीं, अपना कदम बढ़ाया। पलटकर उनकी तरफ देखा नहीं। सिर्फ उस औरत की आवाज़ उसके कानों में पहुंची—रुको ज़रा। नहा लूं। तुम भी नहा लो न। ऐसी गंदी-गंदी बातें सुनीं।

आरती के होठों पर तीखी हंसी फूट उठी।

गंगा के पूत पानी से अशरीरी प्रेत को मुक्ति मिलती है कि नहीं, आरती को मालूम नहीं लेकिन देहधारी प्रेत की तो मुक्ति नहीं होती। हां, डूब मरे तो और बात है। प्रवीर डूबे या न डूबे, उसकी याद तो आज डूब ही जाय, बह जाय, समंदर के पेट में खो जाय।

7

उहूं, ज़िंदे प्रेत को मुक्ति नहीं मिलती। वह डूबकर तो मर सकता नहीं।

ठीक साल भर और कई एक दिनों के बाद फिर आरती का उससे आमना-सामना हुआ; गंगा के ही किनारे; मसान घाट पर। वह सांप्रदायिक दंगे की धधकती आग में अपने को आहुति देने वाले एक महत् प्राण का शवदाह देखने गयी थी। गयी थी उन्हें प्रणाम करने। अहिंसा व्रतधारी शचीन मित्र सांप्रदायिक उत्तेजना को शांत करने के लिए जकरिया स्ट्रीट के इलाके में गये थे। मुसलमान शंकित और उत्तेजित हो उठे थे। आग भी भभकी थी। उसी लहकती आग पर शांति-वारि छिड़कने के लिए वे कई साथियों के साथ गये थे। छुरे से घायल हुए। अस्पताल में मर गये। लाश उनके घर ले जाई गयी—बाग बाज़ार। वहां से श्मशान। और उधर पार्क स्ट्रीट में स्मृतीश वंद्योपाध्याय मार डाले गये। दूसरी तरफ मार डाले गये सुशीलदास गुप्त।

उन्नीस सौ सैंतालीस की तीसरी सितंबर।

एक साल के अंदर मुल्क में बहुत-बहुत तूफान गुज़रा। जाने कितनों के जीवन में एक के बाद दूसरी चोट आई और कितनों के जीवन में घात-प्रतिघात से कितना परिवर्तन हो गया! बदलकर सब कुछ मानो और ही हो गया। कलकत्ते के दंगे से हिंदुओं के जीवन में अजीब परिवर्तन आ गया। बदला चुकाने के लिए खून की ऐसी होली उन्होंने खेली कि इतिहास का लेखा गड़बड़ हो गया। भीतर-भीतर अंगरेज़ों की सहायता एवं मुस्लिम लीग के हाथों शासन की बागडोर रहने के बावजूद हिंदुओं के करतब से कलकत्ते के मुसलमान हक्का-बक्का रह गये। उन्हें शिकस्त खानी पड़ी। इसीके प्रतिशोध के लिए नोआखाली में दंगा शुरू हुआ और उसीकी प्रतिक्रियास्वरूप कलकत्ते में फिर से आग भड़क उठी।

पूर्वी बंगाल से दल के दल लोग भागकर आये। सारे भारत में यहां-वहां चिनगारी फूट पड़ी। आज यहां, तो कल वहां, परसों वहां। जो लोग 'बगावत-बगावत' कहकर चिल्लाया करते थे, बगावत की यह शकल देखकर वे हैरान रह गये, सिहर उठे! इस बीच आरती का भी बहुत कुछ बदल गया, बहुत कुछ!

गंगा के किनारे प्रवीर के प्रेत से मिलकर आरती जो लौटी तो लगभग दो दिनों तक उसकी बोलती बंद रही, दिशाहारा सी हो रही। संसार का सारा कुछ उसे कुरूप और घिनौना सा लगा था। सुधा भाभी ने बारंबार पूछा था—हुआ क्या री आरती, नया क्या गुज़रा? ऐसी क्यों हो गयी तू?

जवाब देना ही था, इसीलिए वह बोली—फिर बताऊंगी भाभी। दुहाई तुम्हारी, आज तो कुछ न पूछो।

अरुण का इनके यहां आना-जाना नहीं था। सुधा भाभी ने ही कह रक्खा था : अरुण यहां न ही आया करे, सो ठीक। आया नहीं कि लटटू भाई साहब से ठन जाएगी। अरुण ने आरती को खबर भिजवायी थी कि हम लोगों ने शांति-जुलूस निकालने की सोची है। लेकिन आरती उसमें भी नहीं गयी। जाने को जी न चाहा। बेशक 16, 17 और 18 अगस्त की आंखों देखी घटना के बाद शांति-जुलूस का आयोजन उसे न ही अच्छा लगना था, फिर भी अक्ल से उसका एक राजनीतिक मतलब निकालकर उन लोगों को वह माफ तो कर सकती थी, जिन्होंने राजनीतिक नेताओं की सलाह से ऐसा किया था। लेकिन जाने उसके जी में कहां तो क्या हो गया था, जिसने उसके जीवन को स्प्रिंग-विहीन घड़ी जैसा स्तब्ध कर दिया था। उसने साफ कह दिया था कि मैं न जा सकूंगी।

उसने महसूस किया था कि प्रवीर को वह प्यार करती थी। वह प्यार

नफरत में बदल गया था; ज़हर के असर से वह हतचेतन हो रही थी!

दो दिन, दो दिन क्या, हफ्ता भर लग गया था उसे संभलने में। दो दिन तक तो बीमार सी बिस्तर पर ही पड़ी रही। उसके बाद पांच दिन उसकी मायूसी जाने में लग गये। सात दिन के बाद प्रवीर की याद पर ज़बर्दस्त खीज से पर्दा खींचते हुए उसने तै किया था कि अपने जीवन में वह अब प्रवीर को झांकने तक न देगी, ब्याह करेगी। बंधुओं की, कम से कम बाहर से देखने में, उसे कमी न थी। उन्हीं में से किसी एक से! आठवें दिन बन-ठनकर वह बंधुनों से मिलने-मिलाने निकली थी। मगर अजीब सी बात, उसे अच्छा न लगा। लौट आई। फिर कई दिनों के बाद सोचा, अरुण के साथ ही काम में जुट जाएगी। और यही किया भी था। अरुण के साथ अपनी पुरानी समिति के काम में नये सिरे से लग गई। इससे पहले किसी तरह से एक कमरा ठीक करके गिरस्ती शुरू कर दी थी। बैंक का काम-काज फिर से चलने लगा था। वहां जो भी पूंजी उसकी थी, उससे खास कुछ असुबिधा न हुई।

काम करने की लेकिन उस समय बड़ी असुविधाएं थीं अरुण और उसके कुछ साथियों की वजह से। क्योंकि उनके मतवाद का सारा देश बड़ा विरोधी हो रहा था। खासकर नेताजी के विरोध के नाते नेताजी के समर्थक लोग उनसे खार खाये बैठे थे। उत्तर देने तक का अधिकार नहीं, बल्कि पाकिस्तान के समर्थन का इलज़ाम लगाकर उन्हें बेहद तंग कर रहे थे। ये आरती के ममेरे भाइयों जैसे नकली कार्यकर्ता नहीं थे। ये थे तुरत-तुरत जेल से छूटने वाले क्रांतिकारी।

यह नहीं कि इस बात ने आरती के मन को आलोडित नहीं किया। किया! लेकिन उसका विरोध राजनीतिक मतवाद का नहीं था, था अपने जीवन के आघात का। धीरे-धीरे उसने यह भी समझा कि उनका और अपना सत्य एक नहीं। अंधेरी रात में एक ही राह पकड़े एक तो मार्मिक वेदना के पागलपन से चल रहा था, और दूसरा चल रहा था अपने किसी गुप्त अभिप्राय की पूर्ति के लिए। साथ चलते

हुए भी दोनों एक ही पथ के पथिक न थे—कम से कम एक जमात के न थे। एक दिन सुधा भाभी ने उसे यही समझाने की कोशिश भी की थी। कहा था—तुझे जो चोट लगी है, वह मैं जानती हूं आरती। तू अगर घर बैठी नेताजी को शाप भी देती तो मैं कुछ न कहती। मगर तू इस तरह अरुण की जमात के साथ तो इसका विरोध मत किया कर।

छूटते ही उसने कहा था—क्यों?

भाभी ने कहा था—मान ले, लड़ाई देश में ही छिड़ी होती। और देशवासी सिपाही विद्रोह की तरह आज़ाद होने की जी-जान से कोशिश करते होते, और तेरे साथ जो वाकया गुज़रा है, वह उसी दशा में गुज़रता तो क्या करती तू?

इसका ठीक जवाब उसे ढूढ़े न मिला, मगर जवाब देने से चूकी नहीं—उससे इसकी तुलना हो सकती है भाभी?

आज लेकिन वे बातें मन में आती हैं; दंगे के पहले से ही आती हैं। सोचा करती है: ठीक ही तो? फिर भी खुलकर इसे कबूल नहीं किया जा सकता। इसलिए फिलहाल वह अरुण की जमात से कुछ दूर-दुर रह रही थी और उन लोगों की तत्परता भी कुछ कम हो गई थी। वह फिर उनकी ओर लपकी, लिहाज़ा अब अपने को गर्क कर देगी।

अचानक नोआखाली की खबर आई! कलकत्ते की आग वहां जल उठी। अखबारों में जो दर्दनाक खबरें छपीं, उनसे मुल्क में अंधेरा सा उतर आया।

आरती ने कहा—अरुण, मैं छुट्टी चाहती हूं।

—छुट्टी? क्यों, क्यों? हुआ क्या?

—लाख किये भी जहां कुछ नहीं होने का, वहां होने से रहा क्या, कहो? झूठे उत्साह के पीछे जीवन के अपव्यय का लाभ ही क्या है? मुझमें आशा-भरोसा, उत्साह, कुछ भी न रहा। मैंने छुट्टी ली, समझो।

—नहीं, नहीं...ये बातें...

—नहीं नहीं, मैं चली।

वह समिति से उठकर चली आई थी। हो क्या सकता है। इस मुल्क में कुछ भी न होगा। हो नहीं सकता। जहां प्रवीर जैसे आदमी की ऐसी परिणति हो!

प्रवीर का प्रसंग आ पड़ते ही लहमे में वह सचेतन हो गई और उसे वहीं छोड़ दिया। है कौन प्रवीर? उसकी बात फिर क्यों? उसके बाद बिस्तर पर लुढ़ककर वह दिन भर रोती रही थी। अंधेरा—सब अंधेरा।

अचानक किरण दिखी।

गांधीजी नोआखाली जा रहे थे। दंगा वाले हलकों में वे पैदल घूमेंगे। उस दिन सचमुच ही लगा, घटाटोप अंधेरे में किरण की रेखा से चल रहे हैं लंगोटधारी हाड़-मांस के पुतले गांधीजी। रोशनी की झलक पाते ही अंधेरे गढ़ों से निकलकर पतंगे जिस प्रकार उसपर टूटते हैं, ठीक उसी प्रकार कूद पड़ी थी वह। 'जाऊंगी। मैं महात्माजी के साथ जाऊंगी।' वह शचीन मित्र के पास गई। उस हंसमुख मिठबोले कार्यकर्ता के पास जाने में उसे हिचक न हुई। शचीन मित्र इसे पहचानते थे। इसकी अभिनय कुशलता से इसे जानते थे। अरुण की जमात के साथ कई बार उनके सांस्कृतिक आयोजनों में वह भाग ले चुकी थी। नाम भी उसका अच्छा हुआ था। अगस्त-आंदोलन में शचीन मित्र नज़र बंद किये गये थे। लौटने पर उन्होंने एक सांस्कृतिक आंदोलन किया था। अभ्युदय नृत्य-नाट्य का अभिनय किया था। शचीन मित्र बड़े उदार थे, जो उन जैसे या आरती की तरह किसी राजनीतिक दल में शामिल न होते हुए भी जमात में जा मिले थे, उन्होंने ऐसों का भी स्वागत किया। विशेष रूप से आरती की अभिनयकुशलता की सुनी थी, इसीलिए वह उसके पास खुद गये थे। लेकिन आरती ने इनकार कर दिया। इनकार करने का ढंग भी शायद रूखा ही हो गया था, तो भी

शचीन मित्र हंसकर ही लौट गये थे। आज, इतने दिनों के बाद महात्माजी के साथ जाने का मौका पाने के लिए आरती शचीन मित्र के पास दौड़ती हुई गयी।

—कृपा करके मुझे महात्माजी के साथ नोआखाली जाने का अवसर दिला दें। मैं जाऊंगी।

शचीन बाबू शायद अचंभे से ही उसके मुंह की तरफ ताकने लगे थे। आरती बोली—मैं आरती सेन हूं...मेरा...

—मुझे मालूम है। मैं तो एक बार आपके पास गया भी था!

—जी हां, मेरा सब बंटाढार हो गया है। मैं अंधेरे में डूब रही हूं। न शांति है, न सांत्वना।—इससे आगे वह बोल नहीं सकी। सन्न-सी हो गई। केवल आंसू की दो बड़ी-बड़ी बूंदें उसकी पलकों में पल को टलमल कर उठीं।

उस हमदर्द सज्जन ने कहा—खैर, देखता हूं मैं, क्या कर सकता हूं। शायद कामयाब हो सकूं। मैं आपको खबर दे आऊंगा।—ज़रा ठहरकर बोले—अरे, मैं माफी चाहता हूं, आपका घर तो...

अपने को जब्त रखकर फीका हंसते हुए उसने कहा—जी हां। बहरहाल मैं उस मकान में नहीं हूं।

—बड़ी तकलीफ उठानी पड़ी आपको, न?

—वह तकलीफ किसी तरह झेल गई मैं। लेकिन उसके बाद—जरा देर चुप रही वह। फिर बोली—उसके बाद जो तकलीफ...ठीक-ठीक तकलीफ तो नहीं कह सकते उसे...लेकिन मैं अंधकार में डूब गई हूं।

ऐसे एक उदारहृदय की स्नेह-सहानुभूति से वह निश्चल हो उठी थी। अंधकार के स्वरूप को समझ गई थी। उसके जीवन का ज़ोर कहां तो खो गया था। इस समय ऐसे एक सहारे की ज़रूरत थी जिसे थामकर इस अंधेरे को वह पारकर सके। बेशक यह अंधेरा देश भर में फैला था, फिर भी उसका जीवन, उसकी दृष्टि कमज़ोर थी, इसलिए वह अंधेरा गहरा और ओर-छोरहीन हो उठा था।

महात्माजी के साथ नोपाखाली जाने का प्रबंध शचीन मित्र ने कर दिया था।

जी उठी थी मानो। नया जीवन मिल गया था-एक अनास्वादित अमृत। न हिंसा, न क्रोध, न भय; सिर्फ तीर्थयात्री जैसा वैराग्य-विधुर चलते चलना। चलते-चलते सब कुछ भुला बैठी वह।

नोपाखाली के बाद बिहार। फिर पंजाब, दिल्ली।

इसी बीच एक दिन अरुण आया था। बोला—अंत में यही परिणति हुई आपकी।

कैसा तो एक तीखापन था इस बात में। लेकिन आरती की प्रसन्नता को इससे ज़रा भी आंच न आई। हंसकर कहा—मैं तो जी गई अरुण!

ज़रा देर उसकी तरफ एकटक देखकर अरुण ने कहा—दो-एक सवाल करूं आपसे?

—उसके पहले मैं एक प्रश्न पूछूंगी।

—पूछिए।

—यह खून-खराबी, मार-दंगा–इसका तुम समर्थन करते हो? इसे बर्दाश्त कर सकते हो?

—इस सवाल का भी कोई मतलब निकलता है?

—ज़रूर निकलता है। इतने दिनों तक क्रांति-क्रांति चीखती रही। आज इस खून-खराबी, मारकाट के माहौल में खड़ी होकर सोचती हूं, आखिर उसकी शकल भी तो यही है, बल्कि इससे भी खौफनाक, इससे भी दर्दनाक। फर्क सिर्फ इतना कि संप्रदायों के बजाय वह देशी-विदेशी के बीच होती या कि वर्ग-वर्ग के बीच। उसमें भी तो आदमी आदमी को इसी तरह मौत के घाट उतारता। यही ख़ूनी होली, यही दुःख, ऐसा ही पाप। अपनी लगाई आग की आंच क्या अपने-आपको नहीं लगती?

और अरुण बिना प्रश्न पूछे ही लौट गया था।

मन ही मन, अपने ताईं आरती और भी कहती गई थी: जीवन में जिस शुचिता के दर्शन हुए, न्याय की जिस पवित्र वेदी पर खड़ी हुई, उस पर खड़े हुए बिना यह यकीन ही नहीं कर सकती कि ऐसा भी होता है। ऐसा भी हो सकता है। इस भूमि पर खड़ी होकर मैं प्रवीर को क्षमा कर सकी हूं, दया कर सकी हूं। हाय रे अभागा! हाय री अभागन! दोनों ही के लिए उसने दो बूंद आंसू बहाये। आदमी बड़ा ही बेबस है, बड़ा ही!

उसके बाद आई आज़ादी। 15 अगस्त। चौदह अगस्त को वह लौट आई।

गांधीजी बेलियाघाटा आए। शांति के दूत। प्रेम-क्षमा, अक्षोभ, अबोध अभय की जीवित मूर्ति!

वहां जाते हुए रास्ते में प्रवीर पर उसकी नज़र पड़ी थी, रास्ते में कोई गाड़ी मरम्मत कर रहा था। तेल-कालिख लगी गंदी पोशाक। वैसी ही शकल। एक दीर्घ निःश्वास छोड़कर मन ही मन वह बोली : कम से कम इस कमज़ोरी को जीत कर, सबके सामने उस औरत को अंगीकार करके तुम फिर से अपनी शिक्षा-दीक्षा से अपने को प्रकट करो। मैंने तुमको माफ कर दिया है।

उसके बाद फिर दंगा भड़का। कल शचीन बाबू पर छुरे का वार हुआ। अस्पताल में उनकी मृत्यु हो गयी। प्रारती रात भर रोती रही। भगवान् से विनती करती रही—प्रभो, इसे लौटा दो, लौटा दो प्रभो। इस महाप्राण पुष्प को अकाल में काल-कवलित न करो! लेकिन...

बाग बाज़ार से लाश लेकर जुलूस मसान में पहुंचा। रास्ते में खड़े थे आचार्य कृपलानी! उसने देखा, निष्पलक आंखों वे ताक रहे थे। एक लोकोत्तर विषाद की महिमा से आच्छन्न थीं वे। अचानक वह आन्छन्नता

टूक-टूक हो गई।

मसान में प्रवीर खड़ा था। एक ओर खड़ी थी वह बहू। जाने किसकी लाश रखी थी सामने। चेहरा खुला था। उसी बुढ़िया की लाश थी। बहू की निगाह अजीब सी। भादों की भरी गंगा की धारा पर से फैलती हुई वह निगाह जाने कहां को चली गई थी—शायद नदी के मुहाने पर, सागर-संगम तक!

प्रवीर खड़ा था। बिलकुल स्थिर। आंखें मुंदीं। फिर भी उसके चेहरे से लग रहा था कि वह सोच रहा है। आर-पारहीन चिंता।

आज भारती को उसपर गुस्सा न पाया। नफरत? नहीं, नफरत उसकी धुली नहीं थी, पर वह नफरत डाह और जलन से तीखी न थी। उसने नज़र फेर ली।

इधर चिता सजाई जा रही थी। मसान को जीवन की लहरें छु गईं। बेशुमार भीड़। फूलों का बिछौना सा बिछ गया था। इस लोक से उस लोक तक की राह को फूलमय किए दे रहे थे लोग। उसी रास्ते से जाएंगे ये महायात्री!

आरती ने फिर मड़कर ताका। ताके बिना रह न सकी। प्रवीर की नकली मां जा रही थी। दो तरफ दो आदमी। और जिस दिन प्रवीर जायगा, उस दिन अकेली यह बहू रहेगी। मगर प्रवीर इस कदर चिंतित क्यों? रुपए-पैसे की कमी? शायद। अभी भी आंख मूंदे खड़ा था। बहू मुखाग्नि कर रही थी।

एक लंबी उसांस भरकर वह आगे बढ़ी। रहा नहीं गया। आज वह चाहे पतन के जितने गहरे गढ़े में भी क्यों न गिरा हो, कभी उसने उपकार बहुत किया है। कहा था उसने, अपना समझकर मैंने किया है, अपना मानकर अपनाने से मन में यह बात ही न आयेगी मिस सेन! लेकिन अपना तो हुआ नहीं। आज अगर किसी काम आ सके वह, कुछ अगर चुकाया जा सके। बैग में बीस रुपये पड़े थे।

वह उसके पास जाकर खड़ी हुई। इसपर भी प्रवीर ने आंखें नहीं

खोली। उसने आवाज़ दी—सुनिए!

प्रवीर ने आंखें खोली और देखकर चौंक पड़ा सा सीधा खड़ा हुआ—अरे आप! शचीन बाबू की अंतिम यात्रा में? ओह, एक महाप्राण उठ गया!

आरती ने इस बात का जवाब नहीं दिया। बोली—वह यानी बहू की सास चल बसीं?

—हां।

ऐसी दशा में बात करना बड़ा कठिन होता है। ज़रा देर चुप रहकर मन ही मन एक सिलसिला बनाकर आरती ने कहा—एक बात कहूं, कुछ खयाल तो न करेंगे आप?

—नहीं, नहीं, कहें। आप जो कहेंगी, सिर-आंखों पर उठा लूंगा।

—नहीं, उन बातों की चर्चा मैं नहीं करूंगी। तुम्हारी याद और उसका गम-गिला-सब कुछ को मैं धो-फेंक चुकी हूं। उसके सिवाय आज मुझे एक महत् आश्रय मिल गया है...

—मुझे पता है। आप महात्माजी के साथ नोआखाली गयी थीं। उस दिन बेलिया घाटा जा रही थीं, मैंने वह भी देखा।

—मैंने भी शायद आपको देखा था। वह नहीं। बड़ी देर से देख रही हूं मैं, आप आंखें बंद किए बड़े चिंतित से खड़े हैं। जब से आयी, तभी से देख रही हूं।

—हां, आज किनारे पर आकर खड़ा हुआ हूं। सामने...मगर वह सब सुनकर आप क्या करेंगी मिस सेन?—वह ज़रा हंसा।

मन में फिर बातों को ज़रा सहेजकर आरती बोली—श्मशान में खड़े होकर चिंता...मतलब, वह आपकी मां रही होती तो कुछ भी नहीं कहती मैं।

फिर थोड़ी देर चुप रहकर कहा—अगर कोई ज़रूरत हो, रुपया-पैसा...

—नहीं। धन्यवाद मैं आपको नहीं दूंगा। वैसी कोई ज़रूरत नहीं।

यह और बात है।—हंसकर चुप हो गया वह।

आरती चुपचाप खड़ी रही। बहू यानी रति ने पुकारा—सुनो!

प्रवीर ने मुड़कर ताका। वह बोली—अब तुम भी आग दे दो। अबान्धवा बान्धवा वा ये चान्यजन्मनि बान्धवाः.... मैं मंत्र पढ़ देती हूं,

बोलो। उसने देखकर भी आरती को न देखा। अजीब औरत!। इस कोटि की नारियां ऐसी ही होती हैं शायद! और इतने में उधर जय-जयकार की गूंज उठी। किसीने गाना शुरू कर दिया—

जय रघुपति राघव राजा राम।
पतित - पावन सीता राम ॥

प्रवीर की यात्रा के समय इसका दूसरा चरण कोई गा दे!

8

एक चिट्ठी। पहले मिस सेन लिखकर काट दिया था। फिर लिखा था—

"आरती देवी..."

दो दिनों के बाद उसे चिट्ठी मिली। लिफाफे में मोटी चिट्ठी। घर पर दे गया था। घर में लगभग अकेली ही रह रही थी वह। पिताजी की बुढ़िया फूफी दंगे में ही गुज़र गयी थी। आरती के लौट आने के बाद भी किरायेदारों में से खास कोई न लौटे। दो-तीन जने आये भी तो इस खोज में कि अगर कुछ बचा-बचाया हाथ लग जाय। लौटा था एक परिवार। परिवार तो क्या, एक आदमी कहिए। पूर्वी बंगाल का एक नौजवान। जाने दंगे के वक्त वह कब खिसक पड़ा था और जब तक दंगा होता रहा, वह भैरव का खेल खेलता रहा। उसके निष्ठुर आक्रोश की सीमा न थी। आरती के आने से पहले ही वह आ धमका

था-शैडो मिनिस्ट्री बनते ही बनते। चिट्ठी उसीके हवाले कर गया था। उसने बताया—'आप निकलीं और पांचेक मिनट बाद दे गया। कोई मोटर-मिस्त्री था।' चिट्ठी के एक तरफ नाम भी लिखा था—प्रवीर चटर्जी। आरती को अचरज हुआ; फिर भंवें भी सिकोड़ी उसने। आखिर क्या है? और क्यों? फेंक दे इसे? नः! उसने लिफाफे को खोला। ऊपर लिखा था—इसे पढ़ लें। आपको मेरे लिए दुःख हुआ, इसी सौभाग्य के नाते यह निवेदन कर रहा हूं। नीचे स्याही की लकीर खींचकर सबसे पहले इसी तरफ ध्यान खींचना चाहा था। पहले मिस सेन लिखा था, फिर उसे काटकर आरती देवी लिखकर संबोधन किया था। आरती देवी!

"अब मैं फिर प्रवीर हूं।

"जीवन के उस अनोखे अटूट बंधन का काल कट गया। इस बंधन के टूटने से पहले मेरे लिए कोई चारा न था। दुनिया में ऐसी भी घड़ी आती है भारतीदेवी, जब झूठ सत्य से भी बड़ा होता है। मेरे साथ यही हुआ था। वरना, आप तो मुझे जानती थीं, विधवा-विवाह में मुझे संस्कार का कभी कोई बंधन न रहा। और, अगर ब्याह किए बिना भी मैं अपने योग्य कोई नौकरी ही करता तो मेरा कोई क्या कर लेता! यदि प्रवृत्ति हो और शर्म या सामाजिक संस्कार न हो तो बाधा कैसी? आज के समाज में, राष्ट्र में जो ऊंचे पद पर हैं, या जो बहुत ही आधुनिक हैं, उनके लिए तो यह चांद के धब्बे सा है। पता नहीं, आज़ाद हिंदुस्तान में क्या होगा। मेरी नौकरी अंगरेज़ी राज में थी और फौज में, आप आधुनिक जीवन का बहुत कुछ जानती हैं, बहुत कुछ देखा है, लेकिन फौजी दायरे में अंगरेज़ों के ज़माने में ऊंचे ओहदे वालों के विलास को आपने नहीं देखा है। विलास क्या, उनकी दुनियादारी को भी आप नहीं जानतीं। खेर, रहने भी दीजिए। में अपनी अजीब रामकहानी सुना रहा था। उस स्थिति में मिथ्या ही बड़ी बन बैठी, सत्य ने सिर भी उठाया, मगर न बना; हार गया। चूंकि

सत्य ने मेरी इच्छा से ही हार मानी थी, इसीलिए मैं कभी किसीके सामने शर्मिंदा न हुआ—आपके सामने भी नहीं। आपको ज़रूर ही यह याद होगा। अपने आगे भी मैं लज्जित नहीं हुआ। इसीलिए उस दिन आपकी बातें मैं बर्दाश्त कर सका, आपके आगे सिर उठा सका और मिस्त्री का जीवन बिताते हुए भी सुखी रह सका। उस बस्ती में रहने में तकलीफ न पायी, न इतनी मेहनतमुशक्कत से कभी ऊबा-खीजा। खैर, भूमिका रहे, वक्तव्य ही कहूं।

"उस दिन कुछ-कुछ बताया था। अब उसके पहले से ही शुरू करूं। जिस दिन 'आप' से 'तुम' की शुरूआत हुई, वहीं से शुरू करूं—वही साइक्लोन वाले दिन से।

"मैं जब पूना, अहमदाबाद और उत्तरभारत का चक्कर काट आया, तो मेरे जीवन में परिवर्तन आया। जीवन में बाहरी दुनिया की ठोकरों से जो कुछ होता है, मन की स्थिति के अनुरूप प्रतिक्रिया से उसका परिवर्तन आदमी खुद किए लेता है। एक अंग्रेजी सरकार के कर्मचारी का लड़का, सरकारी कर्मचारी का भाई-मैं खुद ही फौज की नौकरी के लिए गया था क्योंकि उत्तरभारत के अगस्त-आंदोलन ने मेरे मन में एक आश्चर्यजनक भाव-परिवर्तन ला दिया था। इन्होंने जो कुछ भी किया था और उसके प्रतिकार के लिए अंग्रेजों ने गोरों को ललकारकर जो कुछ कराया था, उससे मेरे मन में जो होना चाहिए था, वही हुआ था। इसीलिए एक दिन हलके तौर पर बात करते हुए एकाएक गंभीर होकर मैंने कहा था—इस देश के लोग ऐसा लोहा ले सकते हैं, यह क्या कोई जानता था। और क्या सुभाष बोस ही खुद जानते थे कि विदेश जाकर फौजी अधिनायक की पोशाक में वे कभी सेना की सलामी ले सकेंगे? इसपर नाराज़ होकर आप झुंझलाकर कमरे से बाहर निकल गयी थीं। शायद याद हो आपको। मेरे जी में खटका हुआ था। उस समय मैं भी अपने मन को नहीं पहचान पाया था। उसके दूसरे ही दिन नौकरी का बुलावा आया, मैं चला गया। प्रशिक्षण के लिए कई सामरिक केंद्रों में

घूमना पड़ा। अंगरेज़ अफसर की गालियां सुननी पड़ी। जी और भी कड़वा हो उठा। मन ही मन शपथ ली। रथीन भैया की याद आयी। आप लोगों को पता नहीं, आपके रथीन भैया छिपे तौर पर सुभाषचंद्र के अनुगामी थे। बदस्तूर उनकी जमात के सदस्य थे। अपने कालेज में उस जमात के वही अगुआ थे। जिस दिन लंदन के हवाई हमले में उनकी जान गयी, शायद उस रोज़ मकान पर बम गिरने से पहले क्षण तक वे सैनिक की तरह जोश और और उत्साह से तनकर खड़े थे। किसी शेल्टर में सिर छिपाये बैठे या सोये नहीं थे। वे कहा करते थे, इसके सिवाय हमारे लिए कोई दूसरा रास्ता नहीं—कम से कम आदमी बनकर जिंदा रहने का रास्ता नहीं। आदमी हैं, तो आज या कल, इस रास्ते पर खड़ा होना ही पड़ेगा।

"मैंने यह बात महसूस की। यही अनुभूति लिये फ्रंट पर जाते हुए कलकत्ते में आपसे मिलने गया। लेकिन मैंने पाया कि अपनी पीड़ा की ताड़ना से आप भी एक रास्ते पर उतर पड़ी हैं। बंधु-बांधवियों के साथ समिति कायम करके काम में जुट गयी हैं। मत अच्छा कि बुरा, यह प्रश्न नहीं। सभी मत अच्छे हैं। अच्छा न हो तो, मत ही नहीं। अच्छाई को जाने के रास्ते भले-बुरे होते हैं और इसी चुनाव में तर्क उठ खड़ा होता है, अखीर तक विरोध होता है। उस रोज़, उस घड़ी मैंने उसी तर्क, उसी विरोध का अनुभव किया था। इसीलिए उस दिन जो कहने गया था मैं, कह नहीं सका, लौट गया। जो कहने गया था, आज उसे दुहराऊंगा नहीं, दुहराने का अधिकार नहीं, लेकिन आपको याद होगा—मैंने पत्र में लिखा था। गंगा-तट पर उस रोज़ आपने चिट्ठी का जिक्र छेड़ा था।

"स्पेशल ट्रेन से मैं फ्रंट पर चला गया—पूर्वी मोर्चे पर, आसाम और बर्मा की सरहद। वहीं मुझे यह रतन मिल गया। अपने इंजीनियर्स युनिट में था। पद में जमादार था, काम करता था मिस्त्री का। मैं उसके ग्रुप का कप्तान था। मूंछ-दाढ़ी, बाल वाला पुरोहित वंश का जवान। धर्म और

खानदान की दुहाई दे-देकर उसने मूंछ-दाढ़ी बचायी थी अपनी। बड़ा ही कुशल मिस्त्री। खास करके मोटर के पुज़ों का। कोई मोटर बिगड़ती कि वह उसे एक नज़र देखकर कह देता था, कहां क्या गड़बड़ी है—जैसे पुराने बैद्य नब्ज टटोलकर रोगों का निदान कहते थे। वैसा ही परले सिरे का ज़िद्दी। मेरी ही तरह बिल्ली जैसी आंखें थीं उसकी। रंग भी मिलता-जुलता था, पर उसका था तांबे जैसा। आवाज़ भी मेरी जैसी भारी। हमारे युनिट में एक अंग्रेज़ था। बीच-बीच में वह पूछा करता—यह तुम्हारा कोई होता है?

"मैंने कहा था—नहीं।

"उसने कहा था—गज़ब है!

"खेमे में शराब पीते-पीते एक दिन बोला—चटर्जी, तुम्हारे पिता तो बड़े प्रोहदे पर थे, क्यों?

"मैंने कहा था—हां।

"—तुम्हारे यहां आया ज़रूर होगी!

"—थी। लेकिन आया नहीं, मेड-सरवेंट को हम दाई कहते हैं।

"—इस जमादार भट्टाचार्या की मां बेशक तुम्हारे यहां मेड-सरवेंट थी। तुम्हें शायद याद नहीं। तुम्हारे जन्म से पहले। उमर में वह तुमसे बड़ा है।

"मैं तो काठ का मारा सा रह गया। जवाब न सूझा। कमर का रिवाल्वर आप ही आप हिल उठा था। लेकिन सैनिक अनुशासन—हाथ न लगा सका। सिर्फ उठ खड़ा हुआ था मैं। चेहरा शायद तमतमा उठा था। वह बोला था—आइ नो चटर्जी, तुम्हारे मुल्क का मुझे सब मालूम है। मेरे ग्रैंड पापा वहां प्लांटर थे, उनके तीन-तीन आया थीं—ऐंड आई नो!

"मैं प्रतिवाद करके वहां से चला आया। कुछ अंग्रेज़ नकियाकर बात करते हैं, सुना है आपने? नकियाकर उसने फिर भी कहा था—आंइ नों, आंइ नों, योर इंडिया।[1]

1. जानता हूं, खूब जानता हूं तुम्हारे भारत को

"सांझ हो चली थी।

"आसाम की अरण्य भूमि में संध्या उतर रही थी। चक्का डूब चुका था। जंगल में अंधेरा अजीब गंभीरता से थम-थम करता है। उस दिन का थमथमाना मुझे याद आता है। याद आता है, अनगिनत झींगुरों की झनकार में कोई निशाचर पंछी पंख फड़फड़ाकर उड़ा और बड़े ही कर्कश स्वर में चीख उठा। मैं सोचता आ रहा था, चाहे जैसे हो इस रेजिमेंट से अपनी बदली करानी ही पड़ेगी।

"अपने खेमे की तरफ आ रहा था। अपने बूट की आवाज़ से यह लग रहा था कि आज मैं हत्या कर सकता हूं। रास्ते के किनारे साधारण कमियों के तंबू खड़े थे। उन्हीं में से किसी एक से रतन की आवाज़ आ रही थी। वह संस्कृत के श्लोक पाठ कर रहा था। चंडीपाठ। थोड़ी ही दूर कुछ मशीनें शांत होकर पड़ी थीं। दिन में वे सब दैत्यों जैसी ही काम करतीं। मिट्टी-पत्थर को काटकर सपाट करती हुई सौ या हज़ार बनैले सूअर या भैसों सी बढ़ती जातीं। सड़क बन रही थी। हम सड़क बना-बनाकर आगे बढ़ते—मशीनी दस्तों के लिए सड़क। पड़ाव से दो मील आगे काम चल रहा था। चारों तरफ घना जंगल और पहाड़। न आदमी, न आदमज़ाद। खबर मिल रही थी, दुश्मन ज़्यादा दूर नहीं–दस-बीस मील के अंदर ही हैं। मेरे जी में आया था, दुश्मन आज ही रात छापा मार दें, तो अच्छा। कम से कम कैद होकर इस ज़हमत से छूट जायं। इस बीच नेताजी पहुंच गए थे, पूर्वी मोर्चे पर नया जोश-खरोश। वनभूमि में सूर्योदय की दो-एक आड़ी-टेढ़ी पड़ने वाली किरणों सी यह खबर हमारे कानों पहुंची। लेकिन बहुत थोड़े से लोगों तक यह महदूद थी। हम वह नाम ज़बान पर ला तक नहीं सकते थे। लेकिन बीच-बीच में वही लोग नेताजी को भद्दी-भद्दी गालियां देते थे। इसीसे समझता था कि खबर यह पक्की है। मन में आया, कहीं कैदी बना, तो नेताजी के सामने खड़ा होकर शपथ लूंगा। उनसे कहूंगा, मैं अपना लहू दूंगा, जान दूंगा—तुम मुझे आज़ादी दो, मेरे मनुष्यत्व की मर्यादा मुझे दो।

"ऐसे ही बक्त रतन के तंबू में दाखिल हो गया। पाठ उसका समाप्त हो चुका था। मुझे देखकर वह अदब के साथ खड़ा हो गया और फौज़ी सलाम करते हुए बोला: यस् सर! उसी दिन उससे जम कर बातें हुईं। कलकत्ते के आसपास पंडितों के एक गांव का रहने वाला। पुरोहित परिवार में जन्म। कभी इज़्ज़त थी। आज वह न रही। इसीलिए नई लीक पकड़ी। रोटी चाहिए, इज़्ज़त चाहिए, घर चाहिए। अंग्रेज़ी पढ़ना शुरू किया था, मैट्रिक पास नहीं कर सका। आखिर मिस्त्री बना। ज़्यादा कमाई के लिए फौज में दाखिल हुआ। घर में मां है, बीवी है। मां का एक, इकलौता बेटा। मां किसी भी तरह आने ही नहीं दे रही थी, ज़बर्दस्ती आ गया है। उसने कहा: आप ही बताइए, भला नसीब बदलने के ऐसे सुयोग को जाने देना चाहिए? बातों-बातों में उसने बताया—अपनी ज़िंदगी पर धिक्कार आता था। बीवी मेरी बहुत ही खूबसूरत है। रानी होने लायक। लेकिन मेरे हाथों पड़कर वह कंडा बीनने वाली बन गई। यकीन मानिए, कंडा पाथना पड़ता है। लौटकर घर की हालत बदलूंगा। मोटर-मरम्मत का कारखाना खोलूंगा। खूब चलेगा। मैंने मां से कहा: राजी-खुशी मुझे जाने दो मां, मैं बेदाग़ वापिस लौट आऊंगा। आंच भी न आयेगी। मां मेरी साक्षात् सती हैं। उन्होंने आशीर्वाद दिया: अगर मैं सती हूंगी, तो तेरा कोई बाल भी बांका न कर सकेगा। मैंने आज से व्रत रक्खा। जब तक तू लौटकर नहीं आ जाता, दायें हाथ से जप के सिवा कुछ भी न करूंगी। बिस्तर पर न सोऊंगी। तेल न लगाऊंगी। हविषान्न भोजन करूंगी और तीन हज़ार दुर्गा-मंत्र का जाप करूंगी। वही कर भी रही हैं। अंत में रतन ने कहा: आपसे परिचय की बहुत दिनों से इच्छा थी सर। आपसे मेरी शकल बहुत मिलती-जुलती है। ब्राह्मण वंश की बात, ढूंढ़ने से दो-तीन पीढ़ी में लहू का संबंध मिल सकता है।

"चिट्ठी लंबी हो रही है आरती देवी। संक्षेप करना होगा। रात को लिख रहा हूं। कागज़ भी ज़्यादा नहीं और आपका भी धीरज जवाब

दे बैठेगा। सुबह होते ही मुझे रतन के जीवन का अभिनय खत्म करना पड़ेगा। सो एकबारगी असली बात पर उतर आऊं। मैं रतन कैसे बना? क्यों बना? सन् 1944—मार्च का महीना। जापानियों को पीछे डालकर आज़ाद हिंद फौज आगे बढ़ती आ रही थी। अंग्रेज़ पीछे हट रहे थे। हवा में संगीत की गूंज...'कदम-कदम बढ़ाये जा। खुशी के गीत गाये जा। अंग्रेज़ों ने आज़ाद हिंद फौज की खबर को बड़ा पोशीदा रक्खा था। बड़ी कड़ाई की थी। फिर भी कानों कान खबर मिलती। ज़बान खोलने का उपाय न था। फौज का सबसे बड़ा पाठ है—आंखों देखो, कानों सुना करो, मगर ज़बान न खोलो!

"हम पीछे हटने लगे। भागने लगे। आबरू बचाने के लिए। अंग्रेज़ अफसरों ने कहा—स्किलफ़ुल रिट्रीट![1]

"माथे पर घनघनाहट हुई। दुश्मनों के हवाईजहाज़। तीन थे। देखते ही देखते झपट्टा मारा और फिर पूछिए मत। कलकत्ते के हवाई हमले से उसका अंदाज़ा नहीं लगाया जा सकता। लवा पर बाज़ का टूटना देखा है आपने? एक पल में सब तितर-बितर! ठीक वही हुआ। कौन किधर भागा, कहां गिरा, कैसे छिपा—किसीको मालूम नहीं। हवाई दस्ते के लौट पड़ते ही आसपास से बंदूक छूटने की आवाज़ें हुईं। बेला झुक आई थी। मैं हक्का-बक्का सा खड़ा था कि रतन ने पुकारा—सर! उसे एक जीप हाथ लग गई थी।—आइए....जल्दी बैठिए।

"पलटकर देखा, अपने युनिट का कमांडिंग अफसर लुढ़का पड़ा था—बेहोश।

"जीप लिये रतन भागा। आड़ा-टेढ़ा। जंगल से, खंदक-खाई, ऊंचा-नीचा पार करता हुआ। पीछे मशीनगन की लगातार आवाज़। जंगल-पहाड़ से टकराकर गूंज रही थी उसकी प्रतिध्वनि। चीख उठ रही

1. होशियारी से पीछे हटना

थी! काश, उस दिन मैं रुक जाता। लेकिन ऐसे समय आदमी का दिमाग ठिकाने तो रहता नहीं।

"एकाएक गाड़ी रुक गयी। रतन ने कहा—जल्दी उनरिए। और वह गाड़ी से कूद पड़ा। खींचकर पीछे से अंग्रेज़ अफसर को नीचे उतारा। उसे होश आ चुका था, लेकिन ज्ञान नहीं हुआ था। मैं भी नीचे कूद पड़ा।

"ब्रेक अटक गयी थी। खुशकिस्मती से अगले पहिये एक चट्टान में अड़ गए थे। सामने ही ढलान थी। अंधेरे में रतन अंदाज़ नहीं कर सका। रोशनी जलाने की हिम्मत नहीं पड़ी। रोशनी का पता नहीं करना पड़ता, रोशनी खुद अपना पता देती है। दुश्मन की निगाहें पेड़ों पर जगी रहती हैं।

"रतन ने कहा था—चलिए, आगे बढ़िए।

"जंगल में अंधेरा उतर रहा था। हम तीन जने दुश्मनों से बचकर भाग रहे थे। मेरे जी में आ रहा था—भागने के बजाय इंतज़ार करूं... कैदी बनूं। फिर आज़ाद हिंद फौज में शामिल हो जाऊं। लेकिन अपनी इच्छा को रूप नहीं दे पा रहा था, कदम उन लोगों के साथ ही आगे बढ़ रहे थे।

"जीप से छिटककर वह साहब चोट खाकर बेहोश हो गया था—आते वक्त रतन ने उसे उठा लिया था। उसे पीठ में चोट आई थी। चल नहीं पा रहा था वह। एक जगह रतन ने कहा : रात अब यहीं पड़ रहें।... सामने ही एक झरना। जंगल यहां पर कुछ हलका था। साहब के पास शराब थी। एलास्क में, पानी की बोतल थी, पीठ पर लदे थैले में भोजन भी था। अपने रिट्रीट के मौके पर ही हमला हो गया था—भागने की कोशिश में कोई कोर-कसर न की थी...और जीप उलट जाने के बाद भी साथ में सामान कम न थे। साहब अकेले ही बैठकर खाने लगा। सामान निकालकर खाने में मुझे संकोच सा हो रहा था। पूछा—रतन!

"रतन ने हंसकर कहा—पूजा करनी रह गयी है। और वह झोले में से क्या सब तो निकालने लगा। झरने के पास चला गया। ज़रा ही दूर पर था। सिगरेट-लाइटर को उसने ज्योंही जलाया, मैं समझ गया, आरती कर रहा है।

"साहब ने शोर मचाया—बत्ती बुता दो।

"—बुता देता हूं। यहां कोई देख नहीं पायेगा।

"—नहीं, नहीं।—साहब दौड़ पड़ा—यू ट्रेटर![1] चौंककर मैं भी दौड़ा। देखा, रतन काली की मूर्ति की आरती कर रहा है। पास ही दूसरी तस्वीर पड़ी थी—गांधीजी की।

"साहब दौड़ा-दौड़ा गया। रतन का गला दबाये उसकी छाती पर सवार हो जमाने लगा घूसा और अंत में रिवाल्वर निकालकर बोला—विल शूट यू...यू डॉग[2]!

"इतने में मेरे हाथ में रिवाल्वर आ गया। मैंने ठीक निशाने पर गोली मारी, लेकिन ज़रा देर हो गयी। एक पल की देर। दो गोलियां, एक पर एक छूट पड़ीं। पहले मेरी, उसके बाद उसकी। ट्रिगर वाला उसका हाथ निकम्मा हो जाने पर भी काम अपने-आप हो गया। हिल गया सिर्फ। गोली छाती पर न लगकर हाथ के ऊपर कंधे पर लगी।

"फौजी कानून के मुताबिक मैं अपराधी हो गया। रतन मरा नहीं था। मर ही गया होता, तो अच्छा था। उसे संभालकर उसी हालत में मैंने चलना शुरू किया। घने जंगल और पहाड़ में एक घायल को लिए अकेला मैं। तीसरे दिन रतन का हाथ सूज गया और ज़ोरों का बुखार हो आया। पिछले दो दिन वह बार-बार अपनी मां और बीवी के बारे में कहता रहा। मां और बीवी। बीवी और मां। उनकी तस्वीरें निकालकर उसने हज़ारों बार तो देखा। तीसरे दिन उस में चलने की कुव्वत न रही और न मुझमें रही ढोने की ताकत। उसे एक पेड़ के नीचे लिटाकर मैं पानी की तलाश

1. तुम गद्दार हो! 2. मैं तुम्हें गोली मार दूंगा ... कुत्ता कहीं का!

में लपका। सामने ही पानी। पानी के पास पहुंचकर अपने-आपको रोक नहीं सका, बदन की जलन बुझाने के लिए कूद पड़ा। इतने में रतन चीख उठा। मैं चौंका। दौड़कर गया। क्या हुआ? जाकर जो देखा, उससे मैं कांप उठा। लाखों लाख चींटों ने रतन के सर्वांग को छाप लिया था। आगे बढ़कर भी पीछे हट आया। रतन की दोनों आंखें चींटों से ढक गयी थीं। चींटे कुरेद-कुरेदकर खा रहे थे और वह चीत्कार कर रहा था—मा—मा—मा!

"मुझसे रहा नहीं गया। रिवाल्वर से उसका काम तमाम करके मैंने उसे छुटकारा दिलाया। उसके बाद वहां से भागा। कुछ दूर जाकर लौटा। अपना बैग उठाया। उसका बैग भी लिया।

"कलकत्ता पहुंचा भिखमंगा बनकर। मांगता आया। पैदल चला, बिना टिकट दिये रेल पर चला। इस बीच मुंछ-दाढ़ी बढ़ आयी। जी में बेहद पीड़ा। पीड़ा रतन के लिए। बड़ा भला था! कानों में उसकी बात गूंजती थी—मां और बीवी! बीवी और मां! एक बार वह गोली से घायल हाआ। मुझसे बोला—कहीं में मर जाऊं तो आप उन लोगों को यह खबर पहुंचा देंगे। फिर बोला—उंहूं, मैं मर नहीं सकता। मेरी मां काली माता के आगे हाथ बांधे हविषान्न पर धरना दिये पड़ी है। उसने कहा है: में अगर सती हूंगी, तो तेरा कोई बाल भी बांका न कर सकेगा।—और फिर हंसकर कहा—लड़ाई में कंधे पर गोली लग जाना कोई खास बात है क्या? मां के व्रत का पुण्य झूठा होता, तो फिर छाती को निशाना बनाकर छोड़ी गयी गोली कंधे पर क्यों लगती?

"कलकत्ता लौटने में कई महीने लग गये। बहुत छिप-छिपाकर आया। मनके बड़े द्वंद्व में लौटा। उस साहब को मौत के घाट उतारने से कोर्ट मार्शल का डर था, लेकिन वेदना न थी। रतन को मारना कबूल करके फांसी चढ़ जाने का गम न था, लेकिन मेरी मानसिक पीड़ा की हद न थी। गौहाटी के कामाख्या पहाड़ पर कुछ दिनों तक संन्यासी बनकर रहा। आखिर कलकत्ता लौटा। आपके पास में नहीं

गया। जाने की इच्छा न हुई। आपको जिन लोगों के साथ देख गया था, आपके मन और मत के बारे में जो कुछ जान गया था, उससे मेरा हृदय बार-बार कह रहा था: न, जाने की ज़रूरत नहीं। यह न आपको रुचेगा, न मुझको जंचेगा। और डेढ़ साल के इस लंबे अरसे तक आपका हृदय मेरे लिए उन्मुख है? आपके इर्द-गिर्द की चहल-पहल तो मैं देख ही गया था। क्या करूं, कुछ तै न कर पाया, लेकिन यह सोचकर उन लोगों की खोज में निकला कि पहले रतन की मां और स्त्री को यह खबर पहुंचा दूं, फिर जो करना होगा, करूंगा। यह मैं आपसे कह चुका हूं कि वे गांव छोड़कर कलकत्ते आ गये थे। सुन रक्खा था, बाग बाजार के इलाके में कहीं रहती हैं और परिचारिका-वृत्ति से गुज़ारा करती हैं। दो-एक ने यह भी कहा था—खूबसूरत बहू की कमाई खाती है!

"कलकत्ता लौटकर उन्हें ढूंढ़ता फिरा। तब तक कहीं आश्रय नहीं ले सका था। ठीक भी नहीं कर पाया था कुछ। राज अंगरेजों का ही था। एक अंग्रेज अफसर को मारने का अपराध सिर पर सवार था। उस साहब को मारकर खुद गोली से या फांसी से मरने की इच्छा मुझे नहीं थी। इसके पक्ष में जो भी न्यायशास्त्र चाहे जो कहे, मगर उसके खिलाफ अपना हार्दिक विद्रोह था।

"तीसरे दिन संध्या समय। बाग बाज़ार के घाट पर शनि-सत्यनारायण की पूजा हो रही थी। सब तरह से नाकामयाब और निराश होकर वहां खड़ा था। अचानक एक बहू सामने आकर खड़ी हुई। बड़ी-बड़ी आंखें; जल रही हों जैसे! चेहरा, शरीर ऐसा कि सर्वांग में गज़ब की वे दो आंखें ही थीं और राख ढंकी आग जैसा थकावट और मलिनता से दबा हुआ रंग। वरना उसे हड्डियों का ढांचा कहिए! तपेदिक की मरीज़ हो मानो। और, यह साफ समझ में आ रहा था कि घूंघट के नीचे लंबे केश हैं। उसने मेरी तरफ ताका, कोई हिचक नहीं; निर्भय। उसके बाद चली गयी और हाथ पकड़कर एक बुढ़िया को लिए-लिए फिर आयी।

मुझसे कहा—लो, यह रही तुम्हारी मां! मेरी अब छुट्टी! बस, पहचान गया मैं। रतन की पत्नी की तसवीर मेरे पास थी...चीन्ह लिया, यही तो है रतन की बीवी!

"रतन की मां ने झपटकर मुझे जकड़ लिया और मेरे चेहरे पर हाथ फेरती हुई रो पड़ी—हे शनि-सत्तनारान, एक बार के लिए मुझे मेरी नज़र लौटा दो। एक बार! बस, एक बार॥

"बहू ने तिरस्कार से कहा—मां कहकर पुकारो एक बार! आंखों से देख नहीं पातीं, आवाज़ सुनकर सुखी हों।

"पूजा में आये हुए सभी लोग मेरी ओर मुड़ गये—ताकने लगे। मेरी आवाज़ सुनने के लिए! रतन की मां कहने लगी—मैंने कहा था, मैं अगर सती हूंगी, तो...

"मुझसे रहा न गया—मां, मां, यहां इन बातों को रहने दो मां!

"मुझे छाती से लगाकर रतन की मां ने कहा—आंखों चाहे न देख पाऊं, मगर तेरी इस पुकार से जी जुड़ा गया—जुड़ा गया जी।

"झूठ की पहली गांठ पड़ गयी आरती देवी!

"और साथ ही वह बह जो कर बैठी, उसकी कोई कल्पना भी नहीं कर सकता। दौड़कर उसने गंगा में डुबकी लगायी, बिखरे बालों देवता को प्रणाम किया और खड़ी होकर बोली—कोई मुझे एक उस्तरा ला दो कि छुरी एक। मैंने अपनी छाती चीरकर लहू चढ़ाने की मन्नत मानी थी, पांच रुपये की मिठाई मानी थी। रुपये तो आज नहीं हैं, मिठाई न चढ़ा पाऊंगी; लेकिन कलेजे का लहू चढ़ाये बिना मुझे चैन न होगी। दो, कोई उस्तरा दो मुझे।

"अपना मुल्क अजीब है। उस्तरा आ गया-कमी न रही। और गज़ब, घुटना गाड़कर वह बैठी और उस्तरे से अपनी छाती को चीर कर थोड़ा सा खून निकाल दिया। किसीने एक छोटा सा कटोरा उबलते लहू के सामने बढ़ा दिया। जाने किसने तो पांच रुपए से भी ज़्यादा की मिठाई लाकर सामने रख दी। शंख बजे। मैं बुत बना खड़ा रहा।

"डेरे पर आया।

"फूस की जर्जर एक चलिया। टट्टी की दीवारें। सामने छोटा सा बरामदा। एक-एक कमरे में एक-एक परिवार। फिर बुढ़िया के तप से लड़ाई से उसका बेटा जिंदा लौट आया—इस पुण्य कथा को सुनकर भीड़ जम गई! उस दिन उन लोगों की खिल्ली न उड़ा सका। मन में भी नहीं। लगभग सभी लोग रो पड़े थे।

"बुढ़िया मुझे छाती से लगाये बैठी रही। वंश के पुण्य का गुण गाया, गुण गाया देवता का; अपनी तपस्या, अपने सतीत्व पर गर्व किया।

"मजाल किसकी थी, यम की तो दूर साक्षात् ब्रह्मा, विष्णु और महेश में भी जुर्रत न थी कि एक सती के लाड़ले की जान ले। महाशक्ति सती के पांव पकड़े में बैठी जो थी!—और वह पागल जैसी ठठाकर हंस पड़ी थी—हा-हा-हा-हा।

"मैं अथाह पानी में डूबा जा रहा था। इतने में किसीने बटुरे हुए लोगों से कहा—भैया, अब तो कृपा करो, जाओ। एक ज़माने पर बुढ़िया का लख्तेजिगर लौटा है, ज़रा बातें करने दो, जाओ।

"किसीने कहा—अरी ओ, सुनती है, ज़रा बहू का जूड़ा बांध दे। सजा-गुजा दे उसे।

"—सजाने की ज़रूरत नहीं। जो रूप है!

"—रूप का रक्खा क्या है इसने। भूखी रह-रहकर रूप और देह को तो जला दिया है इसने!

"—जला है, जभी तो बच गयी है, नहीं तो पाप के झपट्टे से रिहाई मिलती?

"कौन कहां से कह रही थी पता नहीं, लेकिन बातें कानों में आ रही थीं।

"बुढ़िया ने कहा—बहू, आज रात तू चावल खा।

"—ज़रूर। पति के पत्तल पर बैठकर खा। मछली है? नहीं है तो जाकर ला दो कोई। आज का खर्च हम लोगों का रहेगा।

“खा-पीकर सोना पड़ा। बिस्तर बड़े जतन से सजाया हुआ। लेकिन मुझे वह मौत की सेज लगा। इसके सिवा दूसरा कोई शब्द हो सकता है, कहिए?

“मैं ठहरा एक फौजी अफसर, दिल्ली के कनाटसर्कस से लालकिले तक के इलाके की सारी रोमांचकारी कहानियां सुनी थीं। कभी खोजखोजकर इतिहास की उन सारी कहानियों को पढ़ा था। आगरा के किले में शतरंज के उस घरौंदे को देखकर अफसोस हुआ था, जिसमें जीवित स्त्रियों को, मोहरें बनाकर बादशाह खेला करते थे। काश, मैं बादशाह होता! होटल के जीवन भी देखे। अपने को निष्पाप-निष्कलंक न कहूंगा। यहां से आखिरी दफा, यानी जिस दफा आपको कुछ कहने गया था और बैरंग लौट पड़ा था—मोर्चे पर जाते समय शिलांग में कई दिन रहा था। उस समय एक ऐंग्लो-बर्मी या ऐंग्लो-खसिया लड़की, नाम था लोना—मेरी तरफ झुकी थी। ज़िंदगी उस समय नशे पर चल रही थी। मोर्चे पर जा रहा था। ज़िंदगी को फानूस समझ रहा था, जाने कब फूट पड़े। लिहाज़ा मौज-मज़े कर लो। अफसरों के मेस से भागकर उसके साथ पाइन के जंगल में चांदनी रात का पहला पहर बिताया था। बुरा मैं नहीं रहा, पर कठोर नीतिवादी का आदर्श भला भी न था। उस समय विचार ऐसे ही बने थे कि जो श्रीमती चटर्जी होंगी, उन्हें अफसरों के साथ नाचना पड़ेगा, शेरी का स्वाद लेना होगा खैर, इतना होने पर भी उस रोज़ वह सेज़ देखकर मन में मृत्यु-शय्या की विभीषिका जग पड़ी थी। मन ही मन मैंने भगवान् को पुकारा था—हे ईश्वर, मुझे बचाओ, मुझे बचाओ।

“बहु ने अपने हाथों बिछौना बिछाया। इसी बीच उसने साबुन से स्नान किया। बाल धोये। स्नो लगाया। जानती हैं, क्यों? इसीलिए कि ज़रा भी बू कहीं मुझे दुखा न दे, गोकि मैं उस समय गंदे कपड़ों में लिपटा एक भिखमंगा था महज़! हलकी-हलकी रोशनी। मिट्टी के तेल की ढिबरी और लालटेन। उसी मद्धिम जोत में लगा, वह मलिना बहू मेघ

से निकलकर सांझ या सुबह के वेनस सी चमक उठी है। पता नहीं क्यों, मैं कांप रहा था। जी में आया, कहीं चलकर थोड़ी सी शराब पी पाऊं। मगर वैसा न कर सका। इच्छा नहीं हुई। परिवेश मनुष्य के स्वभाव को इस तरह बदल देता है, इस बात को इस प्रकार से पहले कभी अनुभव नहीं किया था। लड़ाई पर मनुष्य की शकल देखी थी। अच्छी-बुरी-सब। लेकिन यह क्षेत्र ही अलग था। ऐसी शांत, ऐसी पवित्र! डा० जेकिल और हाइड का हाइड भी शायद इस परिवेश में डांवाडोल हो उठता! अंदर ही अंदर बांस के पत्ते सा थरथरा रहा था। अपनी कमज़ोरी पर नहीं, उसकी उस गज़ब की खूबसूरती के बावजूद उससे व्यभिचार की कामना मेरे जी में नहीं जगी। पशु हर आदमी के अंदर होता है–मेरे अंदर का पशु मानो जादू की लकड़ी के स्पर्श से मेरी ममता और सतता के चरणों गहरी और शांत निद्रा में सो गया था। फिर भी मैं कांप क्यों रहा था, मालूम है? मैं कांप रहा था कि इसे कहूं कैसे कि मैं वह नहीं हूं, तुमसे गलती हुई है, नजर का धोखा हुआ है—तुम्हारा यह आनंद भूल है, छाती चीरकर तुम्हारा लहू देना भूल है, यह साज-सिंगार, यह सेज सजाना भूल है—भूल है सब, सब भूल है। कैसे कहूं उससे? कैसे कहूं कि रतन की मां की वे गर्व भरी बातें भूल हैं, भूल है उसके इतने दिनों की तपस्या और तुम्हारी भी तपस्या, विश्वास, ध्यान-धारणा–सब कुछ भूल है।

"आज मैं भगवान् पर विश्वास करता हूं। आप भी करती हैं। आज की दुनिया में भगवान् को मानने वाले श्रेष्ठ व्यक्ति, भगवान् को उन्होंने देखा चाहे न हो, जानते हैं। उनकी निकटता से आप धन्य हैं। आपको उनका पावन स्पर्श मिलता है। रामधुन भी गाती हैं आप। आरती देवी, इसीलिए मैं आपसे निःसंकोच कहता हूं कि उस दिन भगवान् ने ही मेरी रक्षा की, उन्होंने ही उसे मेरी बात बता दी।

"रात में मुर्दे सा ही आंखें बंद किये पड़ा था। और उपाय ही क्या था? लिखना भूल गया, इसके पहले मेरा भिखमंगे का बाना

उतार फेंका गया, नये-धुले कपड़े में मुझे राजा सा सजाया गया। खैर। भोजन के बाद नींद की दवा पीकर मैंने आंखें बंद की। यह बताऊं, इस गयी-बीती हालत में भी मेरे पास कुछ दवाएं रहती थीं। उनमें से एक तो थी दर्द मिटाने की ऐसपिरिन जैसी टिकिया और दूसरी नींद की सख्त दवा। खाकर फुटपाथ पर या जब जहां हुआ, सो रहा। उस रात एकसाथ दो टिकियां लीं, मगर नींद न आई। स्नायुशिराएं शायद ऐसी कुछ उत्तेजना से चंचल और अधीर हो उठी थीं कि दुगुनी मात्रा में दवा खाने पर भी नींद न आयी। नशा-नशा सा था। उसी हालत में मुझे रोशनी की छटा का अनुभव हुआ। चौंककर देखा, सुन्दर शृंगार किये, माटी का दिया हाथ में लिये वह कमरे में आ रही है। लकड़ी के दीपदान को पास खींचकर उसपर दिये को रक्खा और बत्ती को थोड़ा उकसा दिया। फिर मेरे पास आकर बैठी। मेरे चेहरे पर टकटकी लगाये थी। मैंने डर से आंखें बंद कर लीं। फिर भी अनुभव करता रहा, क्योंकि दीये की जोत मैं पलकों के नीचे महसूस कर रहा था और उसका गर्म निःश्वास मेरे चेहरे पर पड़ रहा था। एक बार पलकों पर दीये की जोत ज़्यादा तेज़ हो उठी। मैंने समझा, बत्ती को उसने और भी उकसा दिया। उसके बाद और भी तेज़ जोत के उत्ताप की अनुभूति हुई। वह जोत इतनी तेज़ कि आँखों का अंधेरा पर्दा गहरा लाल हो उठा। मेरी सारी आच्छन्नता जाती रही।

"बाहर से बुदबुदाहट आ रही थी। बरामदे पर बैठी रतन की मां बड़बड़ा रही थी—बहू का सीता नाम मैं कल ही बदल दूंगी। ज़रूर। ज़रूर। ज़रूर। सीता सदा दुःखिनी रही। मैंने पहले ही कहा था। रतन ने सुना ही नहीं। उंह! सीताहरण वाली बात रतन की युद्ध-यात्रा से चुक गई। अग्नि-परीक्षा हो गई। छाती चीरकर लहू देने से दूसरी अग्निपरीक्षा इस युग में क्या हो सकती है? उसके बाद फिर सीता का वनवास। उहूं-हूं! यह नाम मैं कल ही बदल डालूंगी। नाम कल बदल लूंगी, तब अन्न-पानी।

"उसके बाद वह कुछ देर चुप रही। फिर बड़बड़ाने लगी—बहू, अरी ओ बहू! सुनती है! बातें नहीं कर रही है? रतन सो गया क्या? ठेलकर जगा उसे! लाज लगती है! लानत तेरी लाज को। बहू!

"बगल वाले घर से किसीने कहा—तुम्हें कोई अक्ल-शऊर नहीं है क्या चाची?

"—क्यों, मैं बेजा क्या कह रही हूं?

"—और क्या, मां दरवाज़े पर जगी बैठी हो, तो बहू बेचारी बात कैसे करे?

"—जगी हूं तो क्या आंखों का तो सिर खाये बैठी हूं, सूझता थोड़े ही है।

"—अब लेकिन तीखी सुनाऊंगी!

"—जी चाहे सो सुना। आज तो मेरी खुशी का दिन है। आज तो तू झाड़ू भी लगा, तो मैं नहीं बोलने की तुलसी...सुना...

"—कान का तो सिर नहीं खा बैठी हो। सुन तो लेती हो!

"बुढ़िया बोली—भला सुझाया! यह तो याद ही नहीं रहा। अच्छा ले, मैं सो जाती हूँ। मेरी पलकों पर लछमन के चौदह सालों की नींद की तरह इन दो साल दस महीनों की नींद जगी बैठी है। जगी पड़ी रहती थी। कभी-कभी बहू से कहा करती थी—मेरे सती होने का गर्व इस तरह टूक-टूक हो गया आखिर। भगवान् बात तो नहीं करते तुलसी। बहू कहा करती—हो नहीं सकता यह, देख लीजिएगा आप।

"बुढ़िया हंसी। बोली—तुलसी, ले, मैं सो गई। देख लेना, तुरत नींद आ जायगी।

"कुछ देर बाद। मुझसे पड़ा न रहा गया। हाथ जोड़कर उठ बैठा। वह हिली नहीं, सोये में जिस तरह टकटकी लगाकर मुझे देख रही थी, देखती रही। मेरे कुछ कहने से पहले ही उसने धीमे-कठोर कंठ से कहा—लेकिन तुम हो कौन? वह तो नहीं हो तुम!

"बात का एक छोर मिल गया, जान में जान आई। हाथ जोड़कर

ही कहा—मैं माफी चाहता हूं। मेरे अपराध की सीमा नहीं। लेकिन मुझे कहने का समय नहीं मिला। कब कहता?

"—कहने का मौका हमने ही नहीं दिया।—एक लंबी उसांस भरकर उसने कहा—बहुत गौर न करने से मुझे भी पता न चल सका...ऐसी एक-सी शकल!

"—यही रतन भी कहता था। कहता था, छानबीन की जाय तो दो-एक पीढ़ी पहले लहू का संबंध भी शायद मिले। फिर जितना कुछ बेमेल था, उसे दाढ़ी-मूंछ ने बराबर कर दिया।

"—आप उसे जानते थे? शायद आप चटर्जी साहब हैं? एक बार चिट्ठी में उसने लिखा भी था।

"—हां, मैं ही हूं। उसकी खबर लेकर आया हूं।

"—खबर मैं समझ गई! सब गया।—उसकी आंखों से आंसू की धारा बह निकली।

"मैंने कहा—अब सब लोग सो चुके हैं शायद। इसी मौके से मैं खिसक पड़ूं।

"—न, कल जाइएगा। मैं गंगा में डूब मरूंगी। गंगा ही ठीक है। अपमृत्यु का पाप उसी पुण्य-पानी से कटेगा। डूबने से पहले आपसे खूब लड़-झगड़ लूंगी। इससे कोई बात न उठेगी—न मेरे डूबने की, न आपके भाग खड़े होने की।

"ज़रा देर बाद ऊपर को आंखें किए बेबस की नाई मानो वह अपने-आपसे ही पूछ बैठी थी—और यह अभागिन बुढ़िया? हे ईश्वर!

"रात बीत चली थी। जीवन के अंधेरे को हटाकर निकल आना पड़ता है, लेकिन किरणें अंधेरे को पोंछती हुई अपने-आप निकल आती हैं। चूंकि पृथ्वी घूमती है, इसलिए इस नियम का एक बाल भी इधर-उधर नहीं हो सकता। सुबह तक वह रोती रही, आंखें पोंछकर बाहर चली गई। जाते-जाते कह गई—तो वही रहा। मेरे मरने से पहले आप मत जाएं।

"आज भी मेरे कानों में गूंज रहा है—मंगल हो बेटी। तूने मेरे सती-गौरव की पत रक्खी, इसलिए मैं एक साल और व्रत रक्खूंगी। हे मां काली, तेरा गौरव बढ़े, तेरी पूजा का प्रचार बढ़े। मेरी वह उमर नहीं रही, सामरथ जाती रही, नहीं तो माथे पर धूपदानी रखकर गांवगांव कहती फिरती—देखो, तुम लोग मां का महातम देखो।

"किसीने बहू से कहा—अरी बहू तेरी आंखें तो सूज रही हैं! तमाम रात छाती में मुंह गाड़कर रोती रही, क्यों?

"बहू ने कहा—सुख के दिन दुःख की बात बड़ी मीठी लगती है बहन!

"मैं सिर पर हाथ धरे बैठा था। रतन को चींटे चाट जाते तो जाते, उसे मारकर मैं निमित्त का भागी बना। अब इस बहू की मौत का सारा दोष मेरे मत्थे पड़ेगा।

"बैठा ही था। चाय पी ली थी। चाय देते वक्त ही बहू ने कहा—नहाकर पूजा करनी है। मंतर याद न हो, किताब से तो पढ़ लेंगे। गीता है, चंडी है...वरना बुढ़िया महाभारत तो मचा ही देगी, शायद संदेह भी करे। पूजा से पहले जलपान नहीं कर सकते। कहीं मांग न बैठे आप!

"उसकी तरफ देखकर मैं थोड़ा हंसा केवल। दिन के प्रकाश में उसे देखा। रतन बीवी को जपता ज़रूर था और इसे रानी का सूख देने के लिए ही वह फौज में भर्ती हुआ था—यह गलत न था, मोह नहीं था उसका!

"कुछ ही देर में मां उसके पास आकर बैठ गई।

"उसे छाती से लगा, सहला-सहलाकर जो सो कितना क्या कहने लगी।—वह याद है? याद है वह घटना? वह? कभी हंसना, कभी उसांस भरना... जीवन के आनंद का एक अनोखा ही प्रकाश!

"बदन पर हाथ फेरती हुई अचानक बोल उठी—कल तुलसी ने कहा: ऐसा बहू के यह दाढ़ी-मूंछ वाला पति नहीं सोहता। फिर ऐसा

लड़का, भूरी आंखें, भूरे बाल, कोट-पैंट में साहब सा लगेगा। यह दाढ़ीवाढ़ी बनवा लेने को कह दो। मैंने कहा: तुलसी, मूंछ-दाढ़ी मेरे यहां सात पुश्तों से चली आती है। मूंछ-दाढ़ी है, जभी पूजा-पाठ करता है, गीता-चंडी पढ़ता है, नहीं तो सब बह जाता। यह दाढ़ी तांत्रिक वंश की निशानी है।

"बहू आकर बोली—मां, इनके साथ गंगा नहा आऊं—रास्ते में ठाकुर को प्रणाम करती आऊंगी।

"—हां-हां जाओ, दोनों जाओ। मुझे ले चलने में झमेला है। जाओ बेटे।

"—मेरा तो कलेजा कांप उठा; हे ईश्वर, तो क्या...

"वह बोली—चलो। असहाय की नाई मुझे जाना ही पड़ा। रास्ते में उसने कहा—डरिए मत, मैं इसी वक्त डूबने नहीं जा रही हूं। आपसे सारा किस्सा सुनूंगी। घर में तो सुनने से रही। बुढ़िया कान लगाये बैठी है—अगल-बगल के सब चौकन्ने हैं। चलिए गंगा-किनारे ही सुनूंगी।

"उस दिन जहां पर बैठकर आपसे बातें हुईं, ठीक वहीं पर बैठकर मैंने उसे रतन की बातें बतायीं। वह न तो ज़रा हिली, न डुली, गंगा की तरफ मुंह किये सुनती गयी। एक बार रतन की तारीफ और एक बार उसके मरने की बात सुनकर, वह दो बार चुपचाप रोयी।

"मैंने ही बताया—ये चींटे उसे चाट खायेंगे और वह असह्य पीड़ा सहेगा, सो मुझे दूसरा कुछ न सूझा। मैं पागल सा हो गया। गोली मार दी। आप चाहें तो मुझे पुलिस के हवाले कर दें। फांसी का मझे ज़रा भी दुःख न होगा। यकीन मानें, कोई...

"मेरे मुंह की बात छीनकर वह बोली—नहीं, नहीं। वैसी बात होती, तो आप हमें इस बात की खबर ही पहुंचाने क्यों आते! हमारी खोज-पूछ क्यों करते। फिर कल आप मुझे गौर करके अपनी भूल समझने का मौका ही न देते।

"उसके बाद वह स्तब्ध हो गयी थी।

"देर तक वैसे रहना मुझे ही असह्य हो उठा। मैंने कहा—चलिए।

"—रुकिए ज़रा, सोच रही हूं।

"—क्या सोच रही हैं?

"—सोच रही हूं, मैं करूं क्या। गंगा में कूदकर तो मैं अभी ही जान दे सकती हूं। लेकिन उसके बाद? वह बूढ़ी? वह तो मेरे मत्थे है। यह कैसे कह जाऊं कि उसका भार आप लें!"

"मैंने कहा—उससे तो अच्छा कि मैं भाग जाऊं।

"—उहूं। बुढ़िया पागल हो जायगी।—उसके बाद मेरे मुंह की ओर देखती हुई बोली—दरअसल में भी जी न सकूँगी। आंधी से उड़ गये छप्पर की तरह मेरे मन का सारा ज़ोर ही धौंस गया है। जब तक आप हैं, तब तक मानो पकड़ने का एक खूटा मिल गया है।

"—तो?

"—आप और एक दिन ठहर जायं। मैं सोचूं ज़रा।

"—अन्यथा न सोचें, शायद आप यह भूल रही हैं कि आपको मांग भरनी पड़ेगी। सधवा बनकर रहना पड़ेगा। आप एक कट्टर ब्राह्मण के घर की लड़की और बहू। इसीलिए......

"हंसकर उसने कहा—वह क्या मुझे याद नहीं? है याद।

"—फिर क्या करेंगी?

"—सधवा के आचरण से मुझे पाप न होगा। मैं स्वामी के मरने से भी विधवा न हूंगी। यह एक गुप्त रहस्य है। मेरी जन्मकुंडली में वैधव्ययोग था...और, रूप तो मेरा देख ही रहे हैं आप! पिताजी कहा करते थे: जिसके इतनी खूबसूरती होती है, उसका नसीब ऐसा ही होता है। ऐसी बच्ची को मैं जिसके-तिसके हाथों नहीं सौंप सकता। सौंप भी दूं, तो वह जिंदा नहीं रह सकता। सो ब्याह से पहले उन्होंने शालिग्राम शिला से मेरा ब्याह रचाया और कहा, तुझे मैंने पुरुषोत्तम के हाथों सौंप दिया बेटी। अब जिस किसी से भी तुम्हारा सामाजिक ब्याह हो, वह उन्हीं

पुरुषोत्तम का प्रतिनिधि होगा। 'जीना होगा तो जियेगा, नहीं तो चारा ही क्या है? यों जन्मकुंडली के लिखे का एक उपाय मैंने कर दिया। विधवा तू कभी भी न होगी!... सो इसकी मुझे फिक्र नहीं। यह बात मेरे पति को भी मालूम न थी, आपसे कहा मैंने। अच्छा ......

"यह 'अच्छा' वह अचानक ही बोल पड़ी थी। अचानक कुछ याद सा आया, लेकिन कहते-कहते रुक गयी।

"—कहिए

"—आप ठीक इसी तरह हमारे साथ रहिए न!

"मैं तो अवाक् रह गया—रतन के रूप में?

"—हां, कम से कम यह बुढ़िया जब तक ज़िंदा है। कल रात हम लोग जिस तरह से रहे, उसी तरह से रहेंगे। आप बड़े चीन्हे-जाने से लग रहे हैं, बड़े अपने से।

"अपलक आंखों मेरी ओर देखती हुई बोली—लगता है, वे मेरे पुरुषोत्तम के अक्षम प्रतिनिधि थे, और आप हैं, उनके प्रतिबिंब।

"मैं निर्वाक् उसकी तरफ देखता रहा।

"वह बोली—मैंने सुना है, कभी-कभी वेष बदलकर भगवान् भक्तों की सेवा किया करते हैं, उनसे हंसते-बोलते हैं। पकड़ में नहीं आते। आप भगवान् की छाया होकर हमारे बनें, हमें बचायें। हम आपके होंगे, सब संपर्क रहेगा, सिर्फ काया का संपर्क नहीं रहेगा। सुना है, आजकल औरत-मर्द में ऐसी मिताई तो होती है! अवश्य दोनों एक-दूसरे के बंधु होते हैं। मैं पुरोहित परिवार की बेटी-बहू हूं। दोस्त हमारे नहीं हो सकते, न ही होने चाहिएं। आप होंगे मेरे पुरुषोत्तम के प्रतिबिंब।' इसके बाद उसने 'तुम' शुरू कर दिया—दुनिया में आये हो, तो भगवान् बनो; पुत्रहीना के पुत्र, पतिहीना के पति बनो; आदमी थे, देवता बनो—मैं अवाक् ताकता रहा। मैंने बातें सुनने के बाद भी आपको शिकस्त दी थी और उसे देखकर भी आपे में नहीं रह पा रहा था। अजीब चमक थी उसके चेहरे पर-आंखों में चमक, चेहरे पर चमक, हंसी में चमक! गज़ब की!

"उसने हंसकर मेरी ओर देखकर कहा—इस तरह देख क्या रहे हो? मेरी खूबसूरती? आंखें भरकर देखो, जी चाहे। जितना देखो! यह खूबसूरती तुम्हारे ही लिए है। तुम्हारी शरण में मैं निश्चिन्त होऊंगी, बेफिक्र होऊंगी...और भी खूबसूरत होऊंगी। सिंगार करूंगी। अपने दोनों के बीच दीवट रखकर घी का चिराग जलाऊंगी।

"और उस दिन सच ही गंगा में प्रवीर का नाम-परिचय डुबाकर रतन बनकर लौटा था मैं। बुढ़िया ने बड़ा फटकारा। बहू बातूनी सी होकर बोली—तुम्हारे बेटे को मैंने अंटी में बांध लिया है, अच्छा ही किया है। आंखें जाती रही हैं, दी भी जायं तो रख सकेंगी? सोच-सोचकर ही तो गयी! मेरे रहते मगर चिता किस बात की? सीता को नहीं जानती।

"बुढ़िया चीख पड़ी थी—नहीं, नहीं। यह नाम ज़बान पर भी मत ला अभागन। तुझे फिर खोना पड़ेगा। अरे रतन, तुरत यह नाम बदल दे। अभी।

नहीं जानता क्यों आरतीदेवी, मुझे रति नाम याद आ गया। जैसे बिजली कौंध जाए, अचानक वह कहानी याद आ गयी। जलकर मैं तो राख हो गया। सो उसका नाम 'रति' रहे। मैने ज़रा घुमा-फिराकर कहा—मां, मैं तो मरकर ज़िंदा हुआ हूं। मदन इसीसे बच गया था। इसके ऐसा रूप है, रति ही नाम रहे तो क्या?

"बढ़िया ने कहा—बहुत अच्छा है, बहुत अच्छा। रति! रति!

"रति ने हंसकर कहा—आज फूल खरीद लाना। माला गूंथूंगी। तुम्हें पहनाऊंगी। खुद पहनूंगी।

"सचमुच ही उसने शृंगार किया था। बीचोंबीच जलता हुआ दिया रखकर क्या गज़ब की हंसी। चेहरे पर के माधर्य का क्या कहना!

"और रातें बीतती रहीं। एक के बाद एक!

"मैंने रतन का पेशा अपनाया। इंजीनियर तो था ही, कल-पुर्ज़ों

की जानकारी थी। लड़ाई के दिनों रतन से काम सीखा था। तरकीब ढूंढ निकाली। किसी और के कारखाने में मिस्त्री का काम करना अच्छा न लगा। सुबह ही घर से निकल पड़ता। कंधे पर औज़ारों की झोली। सेंट्रल एवेन्यु होकर चल पड़ता। रास्ते में जिसकी भी गाड़ी बिगड़ी नज़र आती, उसीके पास जा खड़ा होता।

"—मरम्मत कर दूं बाब साहब? जैसा काम वैसी मजूरी। आदमी के हिसाब से भी मजूरी बताता।

"ठीक-ठाक हो जाने पर उन्हीं के साथ गाड़ी पर चलता; चलता यह देखने-दिखाने के लिए कि गाड़ी ठीक चलती भी है या नहीं। रास्ते में कोई और गाड़ी बिगड़ी दिखाई पड़ जाती, तो वहीं उतर पड़ता।

"—मैं देख लूं गाड़ी को? मरम्मत कर दूं?

"चार से दस रुपये तक की मजूरी। हर रोज़ चार-चार पांच-पांच गाड़ी का काम मिल जाता। पचीस एक रुपये मिल जाते। बाग बाज़ार के उस मुहल्ले से शोभा बाज़ार पहुंचा। पूरा मकान लिया। सो तो आप देख ही आयी हैं।

"रति ने काम छोड़ दिया—महराजिन का काम। दिन-दिन उसकी खूबसूरती और निखर आयी। अब अंत में, मैं आपसे यह इन्कार न करूंगा कि ने सिर्फ दयावश,मैं एक पुत्रविहीना बेचारी अंधी बुढ़िया को दारुण शोक के आघात से बचाने के लिए, झूठे पुत्र-परिचय की बदनसीबी अपने सिर नहीं उठायी थी; रतन को पीड़ा से मुक्ति दिलाने के लिए मैने चूंकि उसे गोली मारी थी, इसलिए उसका बदला देने की नीयत से वहां नहीं रहा। रति के उस रूप, रूप की उस ज्योतिर्लेखा के पास अज्ञात किसी बधन से बंधे पतंग की तरह रहा, उसका चक्कर काटता रहा! रति रति नहीं, बल्कि ज्योति थी। उसमें दाह नहीं, होता तो जल गया होता मैं। दिनोंदिन खान-पान, संतोष, साज-सिंगार से वह और भी खूबसूरत होती गई। जाने कितनी रात हम अगल-बगल आमने-सामने बैठा किये, मैं उसे देखता रहा। वह हंसती रही। उसका हाथ मेरे हाथ में

रहा। और अचानक ही उठकर वह बोल उठी—अब सो रहो। मैं चलती हूं। वह पास के ही छोटे से कमरे में सोती थी—पूजाघर में। आपने तो देखा ही था, उस कमरे में एक आदमी के लिए छोटी सी चौकी पड़ी थी। मुझे इसका कोई अफसोस नहीं। उसे भी नहीं था। मैंने एक दिन कहा भी था, जो स्वीकार करता है, हर समय वह दाता से छोटा नहीं हुआ करता। वैसी ही गृहीता थी वह। बिना किसी संकोच के वह अर्थ नहीं, मेरे आत्मदान को लेती रही।

"एक दिन उसने पूछा था—यों मिस्त्री बनकर रहने में तुम्हें तकलीफ होती है?

"मैंने कहा था—नहीं।

"वह खिल पड़ी थी—तुम्हें पहचानने में मुझसे भूल नहीं हुई। तुम मेरे पुरुषोत्तम की छाया हो।

"उसी दिन मन में सोच-विचारकर मैंने उससे कहा—रति, एक काम करूं मैं?

"—क्या?

"—लड़ाई तो अब खत्म हो चली। उस साहब की हत्या का कोई सबूत भी नहीं। मैं कहीं कोई नौकरी कर लूं? मां को कुछ समझा-बुझा दिया जाएगा!

"उसने कहा था—नहीं। फिर तो...मैं ठीक-ठीक तुम्हें समझा तो न सकूंगी, फिर तो तुम मेरे पुरुषोत्तम की छाया न रह जाओगे। लोभ के पाप से मैं तुम्हारी रक्षिता हो जाऊंगी। नहीं!

"फिर बोली—मैं तुमको प्यार करती हूं, सचमुच प्यार करती हूं... प्यार करती हूं तुम्हें भगवान् की छाया मानकर। लेकिन तुमपर मुझे लोभ नहीं।

"आरतीदेवी, बस, जो है, यही है। रत्ती भर भी मैने छिपाया नहीं। इतना कुछ लिखने की ज़रूरत न थी। उस दिन श्मशान में भेंट हुई थी, फिर भी मैं न लिखता। लेकिन मैंने देखा, आप भी अब वह नहीं रह गई हैं। मुझे पता चला था कि आप महात्माजी के संस्पर्श में आई हैं, उनके

साथ नोग्राखाली गई हैं। उस रोज़ अपनी आंखों मैंने यह देखा कि आपपर उनके संस्पर्श की छाप पड़ी है। आपके मुखमंडल पर मैंने वेदना देखी थी, क्रोध नहीं। इसीलिए मैंने यह लिखा। अब आप समझ सकेंगी। थोड़ा सा उस पन्ने पर देखें।....."

खिड़की से बाहर भादों के उस दिन के धूप से झलमलाते हुए आसमान को उदास निगाहों देखती हुई आरती बैठी रही। क्रोध नहीं, घृणा नहीं-वेदना, केवल वेदना। हृदय भर गया था। शरत् की झलक लगे उस गहरे नीले आसमान के चारों तरफ उजले-काले मेघ के अनगिनती टुकड़ों जैसा उसका अंतर् पीड़ा के पुंजों से भर गया था। आंखों से टपाटप आंसू की कई बूंदें टपक पड़ीं। मन ही मन उसने कहना चाहाः प्रवीर, मुझे क्षमा करो। लेकिन उसने दूसरा पन्ना उलटाया :

"परसों बूढ़ी चल बसी। आपने देखा, मुंह में आग उसीने दी। और अंत में अबांधव-बांधव कहकर उसने मुझसे भी आग दिलवायी। उस समय मैं सोच रहा था : और इसके बाद? रति से यह सवाल पूछने का मौका न था, मिला नहीं। लेकिन उसकी शकल से लग रहा था कि यही बात वह भी सोच रही है। वह भी सोच रही है : इसके बाद? आपने गौर नहीं किया कि वह किस नज़र से गंगा की तरफ ताक रही थी। वह मानो गंगा-सागर तक फैली उदास दृष्टि थी! जाने क्या ढूंढ़ रही थी वह! घर लौटकर शाम को मैंने पूछा—रति! .

"—बोलो।

"—इस तरह क्या सोच रही थी?

"—कल बताऊंगी।

"—मैं बताऊं?

"स्थिर आंखों मेरी ओर देखती हुई वह ज़ोरों से रो पड़ी थी। यही

पहला रोना था रति का। रतन की मृत्यु का समाचार सुनकर आंसू की कुछ बूंदें उसने बहायी थीं पहले दिन, मगर वह रोना न था। यह रोना उफ्, पूछिए मत! रोती-रोती ही उठकर चली गयी थी। जाते-जाते किसी प्रकार से कह गई थी—कल...कल।

" पूजाघर में जाकर सो गई।

"मैं भी बिस्तर पर जा पड़ा था। नींद नहीं आयी। रात जब खत्म होने को आयी, तो आंखें लग गयीं। सवेरे जागकर देखा, रति नहीं थी। एक चिट्ठी पड़ी थी। लिखा था—'तमाम रात रोती रही। मां चल बसी। बंधन जाता रहा। अब तो किसी भी धर्म के किसी न्याय से मैं तुम्हें बांधकर नहीं रख सकती। नहीं, नहीं रख सकती। किस नाते तुम्हें इस तरह बांधकर रक्खू? कोई अधिकार नहीं है। बरसात निकल गयी—अब तो बादलों को फाड़कर चांद-सूरज की तरह उगने का समय आया। अपनी तो साथ चलने की शक्ति नहीं, उपाय नहीं। सो मैं धागे से टूटी हुई पतंग की तरह चली। तुम मेरे पुरुषोत्तम की छाया हो। बड़े भाग्य से वह छाया मिलती है, मुझे वह मिली थी। अब समय आ गया है, मुझे वह छाया छोड़कर हटना पड़ेगा। तुम नहीं समझ सकते, मैं समझती हूं, तुम अपनी इच्छा से तो मेरे पास हो नहीं, वे खड़े हैं, और उनकी इच्छा से तुमने अपने को छाया की तरह मुझपर फैला रक्खा है। वे अब खड़े नहीं रह पा रहे हैं। तकलीफ हो रही है। इसीलिए मैं जा रही हूं। श्मशान में देखा था तुमने, किधर को ताक रही थी मैं? गंगासागर की तरफ। अभी बाढ़ की गंगा है—तिनका भी गिरे, तो उसी तरफ को खिंचता है। मैं वहां कामना लिये जा रही हूं। कौन सी कामना, सो नहीं बताऊंगी। मेरी खोज मत करना। अंत में एक बात कह लूं। तुम मेरे पुरुषोत्तम की छाया हो। मैं जानती हूं कि तुम्हें कोई ग्लानि नहीं, तुम्हारा कोई अन्याय नहीं। फिर भी लोग-बाग जब तुम्हारी बात सुनेंगे, कि तुमने मेरे स्वामी की जान बचाने के लिए ज़ुल्मी साहब को मार डाला, यह चर्चा छेड़ेंगे। लोग इसका विचार

करना चाहेंगे कि चींटों के हमले की कठोर पीड़ा से छुटकारा दिलाने के लिए तुमने जो उसे गोली मार दी, वह जायज़ है कि नाजायज। दुनिया में इम्तहान भगवान् को भी देना पड़ता है। तुम भी देना। तुम सबसे पहले न्याय मांगो। कहो कि मेरा विचार करो। देश आज आज़ाद है। यहां का जो भी दंड चाहे आये, तुम पीछे क्यों हटो? मुक्ति तुम्हें मिलेगी और न भी मिली तो क्या? न्याय के अवतार तो यहीं बेलियाघाटा में आकर बैठे हैं। उन्हीं के पास जाकर विचार की कहो। इति-रति!'

"फिर पुनश्च में लिखा—'रति नाम से तुम किसी और को कभी मत पुकारना।'

"मैं आत्मसमर्पण के लिए महात्माजी के ही पास जा रहा हूं आरतीदेवी। बस।

—प्रवीर"

सारी पृथ्वी मानो धुंधली होकर कुहरे में ढंक गयी। तुम्हारी यात्रा मंगलमय हो प्रवीर। क्यों नहीं, जो तुमने किया है, फैसले में उसके लिए जो मिलेगा, उसे क्यों नहीं अपनाओगे! कठिन से कठिन ही क्यों न हो, मैं रोऊंगी!

आरती इंतजार में रही। मुक्ति मिलेगी तो माला लेकर स्वागत करेगी या शवाधार के लिए माला लिए दिल्ली के लालकिले तक जाएगी।

आकाश धूप से झलमला रहा था। शिवास्ते पन्थानः!

❋ ❋ ❋